唐棣作品

零公里处

唐棣 著

我的书是一种路线，是一种耐心的旅行，几乎是小心翼翼写出的，它是由一位想尽力看到意义是怎样被建构的、人们是怎样建构意义的人完成的……

——罗兰·巴特（Roland Barthes，1915—1980）

……一些旅行，以视阈展开步履，指向我未知的国度、想象的国度，或者说简直不可能存在的国度。

——费尔南多·佩索阿（Fernando Pessoa，1888—1935）

零公里处

ZERO KILOMETER

缘起：在波港的几小时

一路上跟不少遇到的人交流后，我们才慢慢意识到，每段行程中都有一个若隐若现的"旅人"的角色，用以寄托不同时段的感情变化，他似乎对待在同一个处不满，对踏足未知之地跃跃欲试。实际上，我们又都不是喜欢旅行的人，由于种种原因，甚至连门都懒得出——这毫不重要，重要的是1940年6月14日傍晚，一个身穿褐色长裤的中年男人匆匆出发了。并且，他担心的事情没有发生，他还是赶上了最后一班去往法国南部地区的火车。

两个多月后，也就是8月17日，这个男人手拿经西班牙过境到美国的签证，饥肠辘辘，连夜去往马赛。9月25日，在列车上，已传来消息，时局有变，他不得不中途下车，简单吃了点东西后，上山将就一夜。第二天上午7点17分再次上路，马不停蹄去往比利牛斯山脚下的波港（Portbou）小城①。9月25下午3点23分，他抵达之后，迅速去了海关，却遭到了海关人员的阻止，一系列盘查结束，三个多小时后，天色已晚，海关人员把这个中年男人，安排进了一家阴暗、窄小的旅馆里，准备第二天遣返。

与这个中年男人同时上路的，还有一位名叫赫尼·古尔兰德（Henny Gurland）的摄影师。她也同样感到小城弥漫着一种难以说清的气息。这样的小城，注定无法给人安定感。人们更多是把它，当作去往目的地途中的短憩。而周围人则会用一种怀疑的目光打量他们这些不速之客。

"那种感觉很异样，叫人很难受。"紧接着她对当时情况继续描述，"26日早晨7点，我听到奇怪的声音，然后有人叫我去他的房间，说他有事找我。当时他整个人昏昏沉沉，交给我一封信后便不省人事。"

这封没有寄出的信被遗失了。古尔德兰依靠回忆，复述了部分内容——"我的生命将在这个无人认识我的小城终结……耳边传来一种奇怪呜呜之声，类似潮声？或是风声？还是在召唤我？我请您把我的想法转告我的朋友，并向他解释我的处境，去过哪里，遇上些什么人。"

---

① 1937年，奥威尔在这里挥别了西班牙内战，三年后大量欧洲知识分子从波港继续他们的流亡，加上小城特殊的地理位置，都决定了这里给人一种动荡不安的感受。——作者注

这段根据法国人阿蒂尔·克斯特勒（Arthur Koestler）自传，及部分关于本雅明的资料改写而成的"旅行记录"，可作为本书的引子。

除此之外，有必要说明一下"零公里"的意义。任何一个词，到了不同作者手上都会变幻出不同用意。本书中这个词，可作如下释义：

1. 一种里程计算法，即道路起点、城市中心点，从平原到大海，从暗巷到大道；

2. 一种标志和象征，即人生的原点、影响的核心，从一个人到无数人，从本地人到异乡客……

第一站：看吧，风塔
（162公里处）

这个人出生时，人们已经管他们村叫"风塔"了。那些人一边说话，一边不忘向那个高坡上指一指：

"看吧，风塔！"

村子本来的名字变得不再重要。在他的记忆里，成千上万枚空玻璃瓶堆起来的塔，平时都会发出空洞的嗡鸣声。随着起风日子的到来，声音变得愈发夸张，夸张到像是一只饥饿的猛兽号叫着，扫过了村庄。他们村庄地处一条铁路的东南方向，那个高坡是附近低矮的灰色房子和砖墙的制高点。一批收废品的中年人最初在那里聚集时，村里人都没有注意，等这群人越聚越多，那片地方也已经被瓶瓶罐罐、大大小小的纸盒子、破铜烂铁堆满了。

说起风塔，最主要的还是一种恐惧。现在他长大了，离开了村庄,每天下班再看见风塔仍是这种感觉——当太阳高高地移过那片房顶,从塔上折射出的阳光却依旧刺眼。他眼前不免一阵一阵发黑。黑暗里浮现出一个男孩形象。他被一个大人从塔上拉下来,那个人对他又打又骂,而后拉着他往前走。可是没走出多远,忽然传来一阵玻璃磕碰、碎裂、崩塌的声响。

直到现在,他都会躲着那些会发出大响声的地方走路,略大一点的声音都会让他坐立不安。于是,每次他都匆匆在废品站外,那条堆满竹筐的狭窄小路上走过。那条小路一直通向他住的那间房子。

其实,搬离这间靠近铁路的小房间另有原因。毕竟已经不是自己一个人了，再住进来一个女人，确实有些不合适了。他是这么想的，否则应该还会继续忍耐。

一见钟情的事总是可遇不可求的。那天，一个套着黑西装、打上黑领带的年轻人，随人流涌进一个肃穆的大厅，手捧白花，站在一堆垂头丧气、不时假哭几声的中年男女之中，的确显得有些奇怪——那是他进礼仪公司的第一份工作。死者被情妇所杀！死就死吧，还是先阉后杀。死者亲友自然退避三舍，小地方风言风语叫人没法承受，家属不得不找到礼仪公司。在围着摆满鲜花的移动遗体的人群中，女人差点被什么绊倒。他在她左前方一米左右的地方，跨步上前，扶住了她。

女人后来跟他说起，躺在花丛里的人是她的舅舅。而后小心翼翼地补充了一个尸体上的细节。"你绝对想不到！"她说着，捂嘴一笑，"为让舅舅全须全尾地离开人世，他们居然找了一个玻璃瓶插上去，顶替他的老二！"

当时，这间城郊的小房子在一片生活区边缘，旁边是一条铁路，通向这里最近的那条小路，沿高架桥下面的一个低坡深入，越往深处去，越是被各种筐和纸箱子侵占。女人第一次来这边时，一边走，一边左右闪躲着，钻空隙。耳边是火车鸣叫的声音，由远及近，又由近及远。在小路上走时，却一点也看不到火车。

到了房间，西侧的那个小窗外面，只留下了火车飞驰而去的影子。他们中断的前戏，已经进行了不短时间。后来，新的一列火车驶来了,她忽然起身,又趴到了窗台上,像刚发生过的一样。

"这地方真有意思,你不嫌吵?"

只是在一个时间段里,会有火车连续经过,平时还好。刚才肌肉磕碰的快感,令他忘情地沉浸其中,管不了这么多了。这里足够便宜。他当然知道,用耳塞堵着耳朵有些奇怪。女人看了看他,似乎明白了什么。

"你也太夸张了。"

把紧闭的双眼睁开后,女人就这么赤条条地,出现在窗口。透过窗帘,照进来的一阵白光,从小房间布满一道道长短不等的裂纹的灰色墙壁上闪过,造成了一片极为恍惚的光斑。

他们慢慢地靠拢,而后并排扒着窗台,向火车远去的方向张望。

"你是说这条铁路通向哪里?会通向大海吗?"

在警察审问的过程中,他慢慢回忆起了女人当时的问话——为什么是大海?显然,这个疑问没有引起应有的重视,可能这也不算奇怪吧。很多人对大海怀有憧憬。

他承认,两人没搬进出事的小院时,女人已经有点不正常,深思一会儿,又察觉到这么说,也不对。

"话说回来,我们还都这么年轻……"

新房间比铁路边的小屋子宽敞不少,刚住进去时,小院里还只住着他们。他非常满意这个安静的环境。走出巷子不远,有一条人不多的路,路面宽阔,两侧没有堆着乱七八糟的瓶子、竹筐,也没感觉到哪个巷子里会冒出一个废品收购站,于是他松了一口气——更不会再有玻璃瓶堆起的塔了!想到这些,他觉得,自己最近有点幸运临头!

这种感觉很快被异乡客电三轮"突突突"的声音打破了。紧随其后的是熟悉的竹筐、鱼鳞带,纸箱子开始一平米、三平米、八平米、十五平米地,侵占了小院。

让他不安的是,他们很可能还要在小院一角,建一个水泥底座,再摆满玻璃瓶。女人撩起窗帘,看了一眼,又躺回到床。床吱吱作响地,回应着室外的叮当声。

"那些人要在院里建什么?"

这才预感到,自己开心得太早了。

"修个厕所吧?"

厕所的确是个问题,他一时不知道说什么。

小院的好处是安静,坏处是院里没厕所。房东倒是觉得,这不算什么,顺着他指出的方向,走出巷子,来到一条岔街上。街曲折延伸,走了不久,突然头顶有一群鸽子飞过。从一片鲜亮的蓝色天空上,收回目光,他眼前的景物已被一排低矮的房屋遮掩。房东说得没错。公共厕所在一个溢满垃圾的箱旁边上。接近黄昏时,鸽群归巢,它们拍动翅膀的声音,融入街上下班人的交谈之中。据说自从老伴去世,这个有洁癖的房东，又患上严重的神经衰弱。管不了那么多，他们就这么住了进去。

冬天那几个月的记忆里，都是他们在半夜跑出小院去上厕所，气喘吁吁回到屋里抱怨的场景，当然还有其他细节可以继续说下去。不过这一年小院的雪景，更令人难忘——雪片安安静静地落着，不同于雨。他特意推开门，搬了一个凳子，坐在门边。没有一点声音，整个地面逐渐变成白色，进而白色蔓延，遮住前几排的屋檐，最后把墙头也笼罩住了。墙外的柳树梢上，抹着一层白色，稍有一点风，树梢上的白色就"沙沙沙"地落下去，露出本来的灰褐色。转眼开春，绿色在小院里蔓延。最后在人们不经意发现这一切时，夏天悄然而至。那群回老家过年的异乡客，在冬末回来后，一切全都变了。夏天注定比冬天热闹，走在街上，记忆中空荡的街道，稀疏的柳树，也已经成了一去不返的过去。

如今，空中编织着的是令人恍惚的光线。是的，恍惚，也是他现在听到那种敲玻璃的声音时的状态。每隔几天，女人问他，那些人到底在做什么？"不是早说过吗？"他有些不耐烦，每隔几天，强调一次，"他们一定是在建厕所！叮叮当当，太烦了。"

我们都知道，对一种女人的感情投入，的确可以让人暂时忘记现实，尤其在这炎热的季节，欲望伺机而动。他眯着眼，一边看着她说话，一边把手伸向蛇一样扭动的腰。夏天容易让人做梦，在半梦半醒中，一股遥远又真实的黑暗，逐渐增强。还有吱吱作响的铁床，卯榫松动，之前想过修理一下，几次都因铁钉已经锈死而作罢。

入夏以来，女人一个人在屋里，喜欢脱光衣服，来回走动。直到他下班回家，推门而入，她才愿意回到床上，胸罩和内裤都不穿，裸着身子，对他抬起一条腿，将另一条腿架在上面。院里响着垒砌声，她的身体，似乎也在依照某种匀速的节奏抖动。

转天下班，再次回到院中，一个石砌的底座已经摆在明显位置。底座上散着的几个空玻璃瓶，在午后的阳光下，熠熠闪光。它的周围，聚拢着一群街坊，男女老少，他们手上拎着废酒瓶、纸盒、铁锅等等破烂，站在那里。

他进家门前，再三确认。对。他跟自己说，没错，很快，很快，成千上万枚玻璃瓶，就会像记忆中的那样，堆叠上去。

住在小院西北房里的异乡客，不仅把底座完整地建好了，还在他们的小屋前，也摆着几个竹筐，里面各种各样的塑料瓶子、易拉罐、泡沫板、硬纸壳已经快要溢出来了。

他斜了一眼，忧虑着，走进门时，女人正掀着窗帘，趴在窗台上，向外看——她应该也看到了他愣在院里发了会呆。

"你是说，他们要在那上面弄出一个塔？"

他熟悉这些异乡客的举动。风塔代表他最害怕的一个发声体，他无法说清小时候半夜里经常听到风中的呜呜声，被吓哭，他只记得这些。

是不是嘛！一个声音把它从回忆里叫出来。这个胳膊趴在窗台上的女人，以前在外面有个临时工作。准确地说，是在他们居住在原来那个铁路边的小房子时——每到地面被阳光涂上一层滑溜色泽时，她就下班回到小院。然后在房间里拉上窗帘，平躺下来，一边听着废铜烂铁的敲击声，一边抚摸自己的胸部。女人的那个单位不太景气，他觉得反正礼仪公司这段时间工作很多，足够两人生活，就主动让她别去上班了。女人在家也没什么事。每天等他在地面被阳光涂上一层滑溜色泽时，下班回到小院。

本来，这个时刻非常普通。他就是在这个时刻，推开了院门，紧接着又穿过小院，走进房间，拉上窗帘。女人计算好时间一样，在他去拉窗帘时，迫不及待地，剥掉衣服，躺在床上。

还是一句老话，大家正是年轻的时候。这对任何男人来说，都不算什么坏事。只是后来，他在这件事上偶然注意到一个细节，引起了他的担忧。

原来没注意到，随着飘进屋里的叮叮当当声，女人平坦的小肚子，会像波涛一样起伏——对，就是那个节奏。她躺在床上，叉开双腿，那一波一波的浪，正朝他涌来。

一个月后的一个阴天下午,下午三点多的阳光已经没那么顽强——事实上,这伙异乡客来到小院后,院里的玻璃瓶越来越多,没摆成塔状以前,那些空玻璃瓶会摆在院子角落或东山墙上,只要有阳光照耀,洒落在小院里的玻璃瓶,则会反射出某些特殊光泽的光线。

既使在屋里拉紧窗帘,还是有光线刺进来。忽然头痛欲裂,像被针扎一样。紧接着就看到他一边吼叫,一边从床上跌落在地,人半天不能动弹,样子有些吓人。那一刻他瞪大眼睛,仿佛看见了什么。女人躺在床上,平滑的肚皮,波动不止,伴随窗外的声音。

接下来几天,她竟在他上班后,跑去跟异乡客聊起了天。他到家时看见后,说过她几次,不要跟陌生人说话,却没有奏效。他天天上班,不可能一直在家看着女人。面对这么一个女人,他除了担心还是担心。他还有需要照应的生活。

有一天,叮叮当当声突然停了下来。下班回家,接近院门时,他还以为自己耳朵坏了。开门走进去后,他看见女人挽着裙子,跳着脚,从异乡客一个年轻的小伙手里,抢下了一根铁棍。小伙看见他,推门回家后,不再玩闹,继续去把竹筐里新收的纸盒拆开、踩平,放入身后的大箱子。女人装作没看见,还要跟小伙打闹。她拿那根铁棍,叮叮当当地,敲打渐渐堆高的空玻璃瓶。

他在屋里叫了几次,没有反应,又等了一会儿,他才趴在窗台上，看一会儿，迎上余晖，走出门，径直穿过院子。走过院子，到了后院那间门窗紧闭的房间前。房东是个寡居多年的中年男人。他敲门进去，坐下来，满屋浓烈的怪味，呛得人咳嗽几声。房东面无表情地站起来，在他座位旁边，推开了身后的那扇窗户，只露出一个小缝。房东坐下后，外面的风扑进来的同时，玻璃碎裂的声音也来了。

"我最近睡眠不好，就点了一种催眠的香。"

"等着吧，他们还会堆起一座塔呢！我太知道他们要干什么了。"

他一刻也不想留在里面，味道太呛人了，而且坐了一会就觉得，眼前看什么都越来越模糊。

这是事情的一个方面，另一方面发生在女人身上，她迎接他的方式越来越离谱——每天下班路上想到她放浪的样子，他已经没有了兴奋。这样下去不是办法，他就开始托朋友找新的地方搬家。离开是最好的办法。

事实上，房子比工作难找多了。他幸运地，在短期内找到了现在这份礼仪公司的工作，好运不会第二次降临。

熬到秋天，天慢慢凉了，每次回家他都为她在外面的一举一动发火。后来气愤召唤出他小时候从风塔上掉下的那种感受。

在这个转变的过程中，搬家的事，不知要延期到什么时候。那段日子，天下太平，无死无婚——这倒不是他期望的。

他的期望与正常人的愿望,背道而驰。不过也好,终于熬过众多个忙碌的星期天,公司负责人看着记事本说,大家可以好好休息几天了。

这天他从单位走出来,没有直接回去,而是一个人在外面晃荡,四处去看看房子,黄昏时回到那条长街。

声音去哪?一边走着,一边竖着耳朵,慢慢地,走进了小院。那几个异乡客绕到玻璃瓶堆成的半个塔后面,他们似乎在搭一个棚子。不少卖废品的老太太在棚子外,提着东西等待。那个玻璃堆,正慢慢增高。

他走过地面上的光斑,听见了女人的笑声,才回头去找。循着那异乡客走出来的方向,可以看到这几个收废品的人在棚子里摆起了一张桌子。女人坐在最里面,将一条腿架在小伙腿上。他们在打牌。他站在玻璃堆旁边,故意提高了嗓门。

"我回来了。"

女人从那个方向走出来,呵呵笑着,跟他回了屋,一进门,就急不可耐脱掉衣服。

他急忙跑到窗边,窗帘拉上时,听到女人说:

"不要这样嘛!别想那么多,我就是在家等你,等得浑身难受。"

这句话似乎与前一句毫无联系。

"是你不要再这样了,我他妈会杀了他的!"

他的话丝毫没有影响到女人娴熟的动作,最后看他气喘呼呼地，转身睡去，她从后面抱住了他。

"还真生气了……有没有发觉今天不一样？"

是的，身下的铁床，很稳，已经不响了。掀起床单之后，他看着那几个新铆钉，愣住了。

女人把床单铺好，拍了拍床单，和往常一样，再次躺下来，然后仰望着站在床边的他。

"没花一分钱，床就修好了，这你也要生气！"

转天早上八点一刻，洗漱完毕，他站在窗口，出神地望一会儿那几个异乡客。女人半睡着，斜着头，看到他忽然转身，走到门边，抄起一块三角铁——最开始她没注意到他什么时候拿来一根三角铁，然后扭了一下门把手。

"吱"一声，门敞开的瞬间，炽烈的光线，扑向他。

他从那片白亮带来的短暂黑暗中，奔逃出去，再次睁开眼。院里的几个人都停下了手中的活儿，看着他走过去——这是一个筹划已久的计划，包括站到收废品的几个异乡客中间的姿势。他们的站姿和神态也符合预想，他从他们身后绕过去，叫住了那个最年轻的异乡客。接过那个角铁时，那个年轻人把食指搭在铁棱上，滑了一下，然后抬头看了看他。

"这个，可以换敲玻璃那把刀吗？"

异乡客点头。

他拿走了地上的那把刀。这之后，敲玻璃堆的工具换成了那块角铁。角铁敲玻璃时，玻璃碎裂的声音更清脆了。

一个晴朗的黄昏,小院里飘荡着清脆的敲击声。女人有事出了门。他在外面站了一会儿,主要是看着那个空玻璃瓶搭起来的塔状物体发呆。有它之后,小院总是异常明亮,阳光在这里被折射到各个角落;还有到了起风的夜晚,它就会发出那种夸张的、空洞的嗡鸣声。

他躲进了屋子,拉严了窗帘,堵住了耳朵。换过好几个地方之后,他握着一块木质地板,亲吻一下,然后把木板放回原处,又把书桌移到那块地板上……

按他跟警察交代的话说,一切才刚刚开始,我都快被逼疯了。你们知道吗?

女人和异乡客在一起闲聊时,会帮着敲玻璃——碎玻璃可以供附近的石料厂收购。很明显空瓶子的数量太多了,堆起的速度,远超过敲碎的速度。

当她在外面累了,回到屋里,就看到他在做俯卧撑。女人觉得有点奇怪:最近你怎么了?

问题在于他的欲望在女人身上变强了。想到藏刀时摸了好久刀的缺口,就有那种感觉。只要想着那种感觉,他就会难以自控。有几次,不等女人衣服脱完,他已匆匆把她按倒在床上。以前她的叫声仿佛火车鸣响,现在她的沉默一如火车经过窗前之后的情景。完事之后,他坐在地上抽烟。

"你不是说真的吧?你不要生气!"

女人似乎意识到一些异样。

他一边抽烟,一边想起了屁股底下,那把藏好的刀。

礼仪公司忙起来,完全有赖于小城又到了动荡不安的入冬月份。他穿着黑西服,穿梭于各种葬礼之间。

这天早晨,他替人守灵归来,前脚一踏进院子,就被突如其来的强光晃得眼前一阵一阵发黑。玻璃瓶堆已经变成了一个塔——这些看起来粗笨的人,却可以把成千上万个空瓶一个叠一个,一层压一层,堆得那么高。

他没精力去深思,只想快回屋去,躺在床上,睡一觉。下午,还有个死人等着他,也可以说成无数葬礼正等着他。只是那些葬礼与他的生活,没有直接关系。

周围收废品的异乡客,偶尔从风塔中间的部分,抽出一些空瓶,逐一敲碎,装入靠在墙角的鱼鳞袋。噼里啪啦的玻璃崩裂声,一阵一阵涌过来,在他脑中形成一条刺痛的电流,很快很快,他又在眼前的黑暗中,看到那把刀被人找出来,有个人握着那把刀起身,朝远处走去。可是前几晚他在书桌的地板下,什么也没找到——刀不见了。怎么会不见了?被女人拿走了?否则那群异乡客怎么会不怀好意地看着自己?

他在那一刻有些泄气。除了命运——他不知道还能相信什么。准确地说,他在命运的驱使下,走过小院,他看到他们家的门,敞开了一道缝。

从那里看进去,地板上有一条直线,像光线在上面,切下一刀。在这条线的斜角上，有个赤裸的女人身体，躺在那里，安详的样子被阳光笼罩着，仿佛穿着一层圣洁的婚纱。

小院里的异乡客，看了他几眼，就扭过头去敲玻璃了，并没有闲工夫留意他颤抖起来的腿。他久久地站在屋外，耳边玻璃的碎裂声，让他脑子里出现小时候最恐怖的一幕。

他强迫自己睁开眼，把视线从风塔顶端，慢慢滑下来，穿过右手边的门框，进入眼前这间房间里。

那束光从女人的身上蔓延，尤其到下身时，光强劲起来，亮到发白——一个玻璃瓶的瓶插进了她镶着茸边的阴道里，大半个瓶底，裸露在外。光在那里，经过折射，变得柔软下来。瓶子边缘淤积着鲜血，一股一股地，流到铁床沿，再由床沿滚落，滴在地板上，然后那片红色越扩越大，当眼前的事物，全被红色取代，他也什么也看不到了。三十四分钟后，他清醒过来，人已经坐在审讯室里。两个警察，坐在他对面，没有说话。

"我女朋友死了。我女朋友死了。"

他惊慌地说完之后，一口咬定，小院里那几个收废品的人都有嫌疑。

两个警察互相看了看，其中一个人低头，在本子上快速记了一些话，另一个人说：

"他们一共几个人？好像跑了一个人，那个高个子的年轻人，你认识吗？"

"我只知道那个人好像叫什么松野,那家伙跑不远的。"

逃跑的那个年轻人,后来一点消息都没有。眼看又要到秋天了,他也没找到合适的地方搬。

这个案件的凶手是那个寡居多年的房东,听上去有些难以置信。可是警察说,那个患有严重焦虑症的中年男人,在长期的噪声刺激下,失去了理智……警察从抓住他,到公审大会,最高法院批准执行枪决,只用了十三天时间。多说一句,一九八三年这年,他所在的礼仪公司的生意异常红火,效益连翻好多倍。管不了那么多了。他总是每天一睁眼,恍恍惚惚地,就上了路。

第二站: 在酒吧的几个日夜
（154 公里处）

  路一陡起来，那道峡谷就不远了。路面有些湿滑，阳光落在上面，随着观看角度的变化，射出一束束白光。走过去时，一定要小心。过去之后，你会发现身后的峡谷，比想象中更幽深且狭长，峡谷对面的悬崖上开着一家酒吧。

  这间悬崖酒吧，靠东南侧的窗外，就是峡谷夹缝里的一条小溪。两年前，两人第一次爬上了春山——这其实是春山山脉的尾巴，不过人们还是习惯称它为春山。当时，悬崖上还没有这间小酒吧，他们曾经下去寻找过那条小溪的源头，最终也没找到。寻找源头的那次，两人沿水流回溯，路过悬崖。明亮的溪水，从他们身后的峡谷裂缝，一跃而起。

  "你在那，回头一眼，就看到这里。还说那块悬崖上的这块平地要是建个酒吧该多好，可以饱览峡谷美景。"

这次，两人心里明显有别的事。

"上学时你就这副德行，不想说别说！"

一会儿，忍不住又问：

"那到底是男孩，还是女孩？"

这首先是一个从天而降的孩子的故事。事实上，这个惊喜不只意味着生活需要改变——这已经很严重了。每个月，这对同学兼最好的朋友都会结伴爬山，坐在酒吧里喝点酒，而后回去，闷头一觉睡到天亮。毕业后到康庄一个厂子工作后，他们下了班也没地方可去。在酒吧的几个日夜，是他们最放松的时刻了。心里有事的话，会连续好几天去悬崖上的酒吧喝酒，这样的时刻越来越少。忽然有一天，他们中的一个人对另一个说：

"她忽然打来电话……"

说话的这个叫马宥，在春山服装总厂后勤科；另一个人叫冯希，在宣传科。马宥和冯希从高中就是同学。高中时马宥热爱女人和足球，另一个人认真学习。后来足球校队把马宥开除了，他的爱好也只剩下跟不同的女同学整天搅在一起。这个情种儿经手过的女人太多了，同一时间交往的女生，叫得上名字的有时会有七八个，那是高中时期。多年以后，打电话来的这个女人叫哈美静，也是在那个时期认识的。她和马宥认识没多久，就赶走了其他女人。彼此成为唯一以后，最叫人担心的改变第一次发生在生活中。哈美静的控制无微不至，衣食住行，甚至去厕所撒尿也规定不要手握老二，记忆犹新的是不能老吃不卫生的包子——这有点微不足道，但那时候的确没什么更重要的事。有段时间她每天给马宥买粥、油条，煮鸡蛋。不管习惯是好是坏，生活被打乱的那种感觉，总是不好。这个哈美静跟别的女人有些不一样，在高中时期已经显露出来，马宥却摇着头说：

"女人都一样。"

两人站在学校操场前说话，正好一个女孩戴着蛤蟆镜走过，他们说着话，扭过头去看。蛤蟆镜在小城刚刚流行，那是一种墨镜，因为大而圆，状似蛤蟆眼而得名。

他们散了之后，没几天，哈美静戴着一个蛤蟆镜来找他们。从那时起，马宥跟哈美静叫"她"，冯希跟哈美静叫"蛤蟆镜"。本来三人约好一块上技校。在开学前三天，她放了我们鸽子。

"她不跟咱们一起上技校啦。"

"为什么？"

"我们分手了，我听说她爹给她找了个好学校。既然如此，我们还谈什么谈！"

两件没关系的事联系在了一起。或者说世上根本没有无关的事物——那时的事与那时的记忆一样，慢慢混合，一团模糊，难分难解。这些事情只有在后来才会慢慢被揭开。

到了技校开学半个学期，一个凌晨一点多的晚上，哈美静出现在马宥租的房子门前。

"你怎么来?你不是在外地上学吗?"

甚至没来得及问她大晚上为什么神神秘秘地,还戴着墨镜。

这晚是一个分界线。

从这晚开始,几个月后他们又完全失去联系,她也换了电话,直到后来出事。从这晚开始,几个月后,马宥的生活有了第二次改变,应该说陷入到了低谷。在那段日子里,他每天放了学,爬学校周围的山,去峡谷探险,还买了一把弹弓打鸟,每天上午去踢足球,晚上去舞厅跳舞……密密麻麻的事可以挤掉他心中不快吗?那期间,他和几个女人好过。在他最好的朋友看来,这些女人不过是过场,大幕终未落下。两人毕业分配到春山服装厂工作后,没上几天班,马宥和一个缝纫女工好上,没多久就散了。这个女人长得还有点像哈美静。

哈美静的事情一出,别的事情都可以暂告段落。这个女人意味着第三次更大的改变。

"蛤蟆镜确定孩子是你的?"

"我正在想啊,她这么说的。"

"如果蛤蟆镜骗你呢?"

"她不是那种人,有这个必要吗?这么久了。"

"如果那孩子是你的,你怎么想?"

"我可不想改变，咱们现在这样挺好的。"

哈美静在几年前的那个夜晚，戴着蛤蟆镜来找过马宥。令人难以相信的是，她消失是跑去那么远的地方把马宥的孩子生下来。一点迹象没有，这件事的突然程度，足以把一个正常男人吓到。

直到四年三个月十二天后的某个夏夜，她在电话里反复说着生活的细枝末节，不让电话另一头的人插话。孩子难产，她差点死了。那边医疗条件不好。她以为，这下死了，眼都闭上了。剜心的疼以及孩子的啼哭声，又将她从鬼门关召唤回来，也不容疑问——为什么不辞而别，为什么跑到那么远的地方，为什么骗他这么久。

一通电话带来的疑问，万千语言都解决不了。

此刻，他坐在悬崖上的酒吧，东南侧靠窗的位置上，努力回想一些有关或者无关的细节——那次他在租来的房子里摆着发疯的哈美静，然后她大骂自己是畜生，天下男人都一样，太恐怖了。你们都该去照照镜子。他还想到，如果孩子只是一场惊吓，不是自己的？或者那次她去医院做过手术。天知道，他们分手后，蛤蟆镜跟过几个男人。

"这样的话，她又有什么目的？是不是报复？"

打完电话后的感觉特别差，请假回了家，在家里躺了一个半小时左右，他有些缓过来了，才拿起电话。宣传科的冯希刚出完安全生产板报，回到办公室。接完电话，办公室外的一片阳光忽然暗下来。天有不测风云。电话里的声音，十分浑浊，又不连贯，没听太清内容，于是他下班之后，打个车，直奔春山。四十五分钟后，路陡了起来，路一陡起来，就要到了。眼前的路面十分湿滑。走起来，一定要小心。他在半山腰，遇上马宥。马宥走在前面。再往前走一段，就是那条比想象中幽深且狭长的峡谷。他俩一前一后走进酒吧，找了个地方，坐下来。

"你真不知道蛤蟆镜怀孕？"

"她不说，我哪不知道。我有怀疑。"

"你为什么没跟她去医院？"

"她说自己去，我没去。我在想这么做就是为我一句话。她不是不能来跟咱们一起上技校嘛。以后指不定都去哪呢！她说无论我在哪她都能找到我！你说她现在这一出，是不是想吓死我！"

很难相信自己随便一句话，竟在另一个人身上产生如此巨大的影响。

"她这些年躲在哪？"

"那个海边的大道县。我现在才知道她跑那么远就是为了打个电话折磨死我。"

"没打过电话？"

"她躲着我，怎么联系？我也不知道为什么这么突然。"

昔日的风流人与今日的孩子爸——不管真假，简直天壤之别。这些话表明他在这个事情里,仍对女人有感情。所以他想找到逃避以外的其他办法。

"事情过去,光靠回忆可不能把孩子给塞回去。她什么意思?"

"本来我真想去找她。"

"你去吧,这事不是思考可以解决的。"

"你说,有孩子以后,这辈子是不是不能再想别的了!"

过了一会儿,烟雾缭绕起来,他攒足一口,对着空酒瓶嘴吹。吹完之后,盖上盖。然后再吹。酒瓶里装满了烟。

"想什么呢?"

这个状态刚好,有点晕,但头脑清醒。

"再问个问题,你想有个儿子吗?"

对方嘴角立刻挤出了一长串"呦"声。

"都说刚做爸爸的人会笼罩着一种幸福感:孩子出世前,抚摸妻子的肚子的幸福;在产房走廊里听见第一声哭泣的幸福;沙发上看着和抱着孩子喂奶时的幸福,等等。"

"别说啦,求你别说啦!"

不远处的服务员,把新点的酒菜端来,放在桌上,就走了。马宥绕过桌子,激动地坐到冯希身边,拍着他的肩膀:

"刚来那时候,我们充满抱怨,可是一坐到这,一看对面的峡谷,一看跳起的溪水,心情总会变好。"

也没什么可说了,他们漫无目的地聊起他们身边的女人。

"你还记得她们吗？"

"有个叫……高中那时候，那个胆特小的，后来被教导处在你宿舍里抓到。"

"她胆子一点不小。"

"一个平常都不怎么和男同学对视的女的，怎么跟你跑宿舍睡觉去啦？"

"都是假象。真的，能被看到的，都未必是真的。我算体会过了。"

天下女人在马宥的生活里都没有留住，也包括蛤蟆镜，如果不是孩子的事，现在工作进入稳定期，可能还要继续玩几年。

"上班后，我记得最深的是那个缝纫女工，你记不记得？总拿着一本杂志看，知道特别多好玩的事，我知道那都是别人瞎编的，她居然相信。"

"我和她看过电影，拉过手。"

"我怎么不知道？什么时候的事，我和她之前，之后？"

"我当时看那女人心里有别人，见了几次面就不谈了。你们后来怎么也散了？"

"有一天她突然给了我一个号码，说她要离开康庄，调去什么什么地方的分厂，让我联系她。"

"是，她很快就离开了。"

"这地方挺奇怪的，留不住人。"

"还记得分厂来来大会的女人吗?长得挺好看,高个子,最近出事了。好像下夜班的路上被强奸了,现在还没抓到那个流氓呢。"

"不会吧!"

"我在报纸上看到的,前几天的事。"

在酒吧的几个日夜,应该是他们最放松的时刻了。很多心里话伴随酒水倾吐而出了,无数次提到不受控制的生活时,他们都要碰一下杯子。甚至在下山夜路上,他们也没有停下来的意思,拿着罐装啤酒,继续倾吐。走起路来摇摇晃晃,还好是一条熟路,穿过那道峡谷时,天空投下了幽蓝色的月光。他们走着走着,说完也就完了。有些事也挺奇怪的,留不下一点记忆。

三天后,下午两点四十四分,在车站,两人再次通电话时,电话一头说话,有些不正常的停顿。

"没事,咱们什么话不能说!唉,又不是去旅行,送个屁啊。好好画你的板报吧。"

耳边传来熟悉的缝纫机发出的"哒哒"声。原来的生活即使糟糕,毕竟是他唯一拥有的,可是去了那边之后的那种被改变——无论朝着好的方向,还是坏的方向——的恐惧,随着火车呜呜入站,人头攒动也加剧了。在火车即将开动时,他正挤在波浪一样的人流中。这时人群中响起一阵电话铃声,看样子,他一点也没听见,继续向前走去。

第三站: 绿草地
（113.4公里处）

……已经不是第一回听见这些声音了。

母亲像她现在的年纪时，父亲下班后，就坐在沙发上翻报纸。忽然有一天，父亲还把她叫过去，对她说，你看，现在咱们家多热闹！那段时间，每个周末都有一个女人来家里做客。忽然有一个周末，女人没来。她再次出现的那个晚上，孟茹才意识到，没这么简单。那天晚饭也和以前没什么不同，只是在女人离开后，母亲和父亲开始大吵——父亲委屈似的说："添副碗筷而已！你看你！""我怎么了？""你不要假装听不见！"

现在，孟茹耳边偶尔会响起这些声音。丈夫余钧像她父亲年轻时一样，每天下班之后，就坐在沙发上翻报纸。他的生活里也出现了一个女人——事实上，他们认识于十四年前，当时余钧还是一个教委的小领导。

十四年后,十二天前的那天下午三点十分,余钧坐着搬家公司的车来到了新居。一个布满各种绿植的小区。大门左侧的一条小路后是一片杨树和柏树的混合林,从那可以看见一片广阔的草地,看上去它很大,一直延伸向远处。初雨的腥味掺杂在阳光里,闻上去古怪又特别。一群小孩在视野里的草地边缘,追逐打闹。

他走下新居,只走了几步,就站到了草地的某个边缘。他看向远方,依稀看到再远的地方,可能是小城东部,块状的灰田野。越往远处,视野越模糊,好像那些好房子,好工作,很多当乡村教师时不敢想的东西都浮在那层湿漉漉的雾气中。作为一个以前教美术的老师,他看到远景时,下意识地,还会眯起眼睛。妻子孟茹站在他身边,也眯起眼睛。

草地上的孩子从草地边缘跑了出去,他回头吓了一跳。这时,孟茹的嘴正在微微翕动,应该是数着数字"三、二、一"。多年以来,数字的无限循环成了他们生活中的某种危机的暗示——只是最早时没有人可以预感到。这个爱数数的女人是县委老领导的女儿,他接手办公室的新工作没多久,这个事也就不算什么新闻了。

进一步坐实这件事是他们部门的同事。那是在一天近中午时,几个同事在打扑克,说输了请客。余钧也参加了,他想请大家一顿,于是几轮下去,对面的几个有点傻眼,出牌越来越慢，你看我，我看你。余钧正拿着牌走来走去。四、三、二、一。大家听到倒计时，都有点想笑，那天他红着脸，匆匆跑下了楼。孟茹说过，你假装听不见就好，那些人不会成为你的朋友。她这天的样子和刚搬到新居的那天都带着一模一样的笑容——这是一种可怕的感觉。它不是预感，它发生在那片草地前，孟茹笑着，转身上楼，去收拾东西，她不放心搬家公司，毛手毛脚！

　　余钧回去时，在车上拿了一个画框，从一楼走上来。在楼梯间，两人错身，孟茹正要下楼干什么。刚数到三，你就回来了！以后时间多的是，草地又不会消失。咱们快点把家布置好吧。孟茹说完，他拿着画框，继续上楼，新居在三楼。整栋楼一共六层，三层的高度正好，走进屋，杂乱摆布的家具。让他有些不知所措。干了一会儿，又走到了客厅外的阳台上。

　　这是一个露天阳台，视野清晰，他扶着阳台的墙，把视线投向那片草地。草地的边缘，也可以看得更清楚了。孩子们吵闹的声音，从很远的那片松柏林里传来——那里好像已经到了小区外面——呼呼作响的风声，把它擦得一干二净。楼下经过的大人们默不作声，忽然听到"喂——"，孟茹招呼他，"来帮忙！已经下了几天雨了，今天不会再下吧！"

　　等家具摆到相应位置，天已经从灰变黑了。余钧坐在沙发上喘气，四顾新居的周围。这个家一直以来，是孟茹拾掇，她会把家装饰得一切看上去严整而规范。而他似乎除了在单位上班,不知道该干什么。

"你坐下,别给我弄乱了,怎么样?"

"你不用数数,我立刻回答:'非常好!'"

"还好,没有落东西,再回老房子的机会就少了,那么远,你看——"

那个红木梳妆台上的凹痕,令她的心情一下变坏,她走上前,摸着,再也不提别的事。的确有个凹痕。

"你避着光,就看不见了。"

"什么看不见?明明有凹痕,看不见就能当没有吗?"

新居与办公楼之间只隔着一片草地,办公楼在草地的西南边缘。很多人从草地走过时,都见过一个男人。他每天都在草地边的铁椅上坐一会儿,那一会儿,他什么也不想——事实上人的脑子太复杂了,想一件事时往往牵扯出更多的事,他倒是甘愿什么也不想,呆望着,草地的远处。居住在这里的人,看上去都急匆匆的,表情也都很复杂,只有他愿意在草地边,悠闲地,度过工作开始前的那段时光。

"干吗非去这么早?"孟茹从厨房走出来问,"搬家公司来电话说,他们会赔钱。"

余钧问她这次看我何时下楼。"你又数到几了?"孟茹笑着,拉住他的手臂。

"你看你,看你。"

在这个灯火通明的早春之夜，他们吃起新生活里的第一顿饭。第二天中午，孟茹做完饭，穿过草地，去办公楼下叫他吃饭。平时就算了，现在余钧刚调进新部门，正与新同事玩牌。余钧头伸出窗外，与孟茹互相对个眼。他转身面向大家时，掂了掂手里的牌。同一时间，这是不言自明的——楼下的孟茹在默数。办公室的门，摇晃一阵，后来就静止下来。然后大家从窗口看见，余钧和妻子一前一后，往草地边东北角走去了。

这件事坐实后，余钧在同事们嘴里也落下了话柄。他不愿意听大家说这些事，又不好强加制止。这种场合只能躲出去。他还无法像妻子一样对这件事习以为常。她总是说，到这里，一切都会被说道。哪有那么多真假。

的确是这样，他们来这里的第一天已经听到了闲话。某天晚上，余钧和老丈人吃饭，老丈人也问他，到这里来，习惯吗？"我们会习惯的"，孟茹替他说道，"是吧？"

余钧习惯去草地前待一会儿，无论刮风下雨，每天必须在那把铁椅子上坐一会儿。几个常在草地打闹的孩子，有的已认识他，从他身边经过，也会和他笑一笑。余钧在草地边缘，就像一个守望者，一直看着他们。

一切从搬进新居后，他做的同一个梦开始。开场是自己在跑步，身边是明亮的，但却不是白天，因为远处一片漆黑。

路灯光和自然光慢慢地混合成了一种的光,在脚下的路面上,形成一股流动的光带。看不出任何方向,似乎怎么也跑不出这片草地。第一圈、第二圈、第三圈、第四圈,每到第五圈,他就梦见自己醒来,上气不接下气地,继续奔跑。

也是很后来,思考这个梦,有人说草地是遗忘的代名词。其实在余钧看来,最表面的是夜晚的草地上,每根草都像通电一样,轰然亮起来,还伴有"嘶啦嘶啦"的放电声。他还没意识到,那是一个女人的笑声。

"最近单位有什么事?"

"没事,没事。"

余钧当上主任之后,电话追踪也跟着升级,想到电话铃在会议上响起时内心的焦灼,他就出汗。他们的通话时间都极短。反而说明,这不是一个正常的电话。

余钧也想知道孟茹怎么知道自己和另一个女人的事。以妻子的性格,还无法预料这件事会走到什么地步。每到这时,他都会想到,梦中的草地。当然,他每次坐在铁椅子上的那一会儿,都有一个心理暗示。这个心理暗示是从何时开始的——余钧眼前会出现一个乡村学校,过去每年技能评比那个女人都会拿奖。在余钧调到教委的那年,她在台上从自己手里接过奖状,小声跟他说一句:你还记得我吗?之前,他们只是一句话的关系。现场很多人站在台上,拿到证书后,余钧逐一走过去握手,他听到这句话时,点了点头。

按理说,两个女人完全没有关系。可是这个关系一出现,就不是正常的。余钧躺在床上,他的方法就是让孟茹自己在客厅说,没有关系,还是有关系已经不重要。一切都在倒数,五、四、三、二……一个幽长的影子,扑进卧室,越来越长,余钧看着那个影子沉默着。至少,这个事只是传一传,和孟茹小时候父亲的桃色事件不是一个级别。

近些日子,余钧从那片草地边上走过会这么想。也是在想,自己和另一个女人的这段关系。开始并不像大家传的那样,后来回忆起入夏以来,最闷热的那个夜晚,天气预报说要下雨。高温加雨水的一夜将多么溽热难耐。那次朋友聚会,酒店包房的空调可以开得很足。大家喝酒时,大雨如期而至。一个夜晚,一辆车,在外面启动,一串清脆的电话铃随之响起。随汽车远去的声音,铃声越来越大。余钧看看大家,大家知道他跟妻子的话柄,于是都看着他。后来他一劲儿喝酒,看样子是想醉。人想醉时的那种热情的夸张程度,自己很难控制。朋友看情况不妙,各自都说有事,下次再聚。

车刚好驶上立交桥。余钧忽然对司机说,这雨下得真大。司机没听见他说话。一幢幢的楼房从眼前掠过,雨中的灯光,迷离多变。驶下立交桥,车速放慢,余钧去开窗,而后回到原来的位置。路边一个酒店,车速很慢。余钧说,注意前面的路口。当时雨太大了,话刚说完,忽然一个急刹车,车已经停在路上。

一个女人摇晃着身子,拦住他们的车。余钧摸着头,正要开口时,他发现那是一个熟悉的身影。小城不大,却也不小,生活无交叉,相遇的几率,更没那么大。

他和另一个女人相遇了。时间、地点都不是故意想记住,却都异常明确而清晰。女人的手伸到玻璃里面。

"你们认识啊?也是你们系统的?"

"怎么这么晚在这里?"

余钧一手端住她下巴,晃晃那小圆脸和卷发。他记忆中领奖时的笑容,已淹没在重重的酒气里。余钧扶着这个软绵绵的女人上车。天气预报说今夜暴雨,他赶在暴雨之前,离开了女人的家。

另一个男人从这家酒店晃出来,因为喝了酒,眼神有些涣散。这天的酒局对他很重要,他在厕所对着镜子,再次指责自己:当初干什么去了?就是说,他不是第一次因为工作的事求人走关系——你会隐隐地觉得,某件事发生还不久。其实,事情过去很久。

这件事和那辆刚下立交桥的车里的余钧有关。

他明白既然没有运气,只能强忍自尊,自己打着伞,刚把领导送上车,就走到路边的草丛,试试能不能吐出来。正好远远地看见,余钧抱着一个女人上车。

他抹了抹眼睛上的雨水,这不是余钧吗?当初自己要是孟茹结婚，现在也不至于这样。是的，他和孟茹有过一段情，并且在余钧之前。

余钧坐上车离开了。他注意到远处有人，用手机拍下了一切。

汽车驶出视野，他在草丛边头脑一热，就拨出了一通已经很久没拨过的电话。一束信号从立交桥西南侧的路口飞了出去，穿过一条大街、一所学校，冲进了一个小区的大门，松柏林挡不住它，最后它从草地上空划过，抵达草地前的那栋楼房的三层靠东的那家，它的窗口是黑的。

灯突然亮了。孟茹迷迷糊糊地，拿起电话。这么久没有联系，那个声音，好像很遥远。

"是你啊，你知道现在几点吗？"

"还好我存着你电话。我在大雨里呢，实在看不过去。"

电话那头的男人，在柳河边，一条长长的马路上，举着电话，往前走。前方一拐弯，上去就是座立交桥。桥上都是积水，没什么车辆。

孟茹淡淡地说：

"你晚上没少喝吧。"

电话那头不吭声，说了几句就挂断了。孟茹想到他们谈对象打电话的事情，他在电话里甜言蜜语，而自己是从不吭一声的那个。回想起那段日子，自己都以数到几为标准来判断他们的感情——当然现在也可以用这个标准判断。一个人的习惯，尤其是女人的习惯，恐怕是不容易改变的。他们热恋时，他也是以数字数到几挂断，视之为每日感情进展的亮点——数字越大，感情越深。脚下的这条沿河路旁，如今已筑起堤坝，在与这段回忆相称的时间下，那里有一条运煤的河，河里没有船只，兴隆的历史与现在毫无关系。现在的心境，也和当年他骑车载孟茹从河边经过时，天差地别。他们那时荒废的河里，散发着腥臭，如今——也可能是大雨的关系，扑入他鼻子里的味道甚至还有点清新。柳河上星星点点的光，时隐时明，更大的月光，在黑魆魆的背景上，造出一层幽蓝色。早听说，余钧平云直上。生活因为一个女人而发生变化。而自己为生活发愁时偶尔仍会想到同一个女人的离去，他不否认自己对回忆的纠缠是一种自私。沿阶梯来到河堤底下，在一段路灯照不到的地方，他按了发送键。

那一幕定格在照片中：模糊的人影，拖动的光线，已经把扶的动作，夸张到像抱住了一个女人上车。他觉得，这张照片如实记录了自己所想，早与真实无关了。

照片长出翅膀，飞过河流，飞过街道，在某处急转，在草地上留下一个暗淡的投影。前方一栋楼三层的那个房间的灯，又亮了起来。

孟茹把手伸过去，手机屏幕亮了。接下来的事情如那个男人走路时所想的，他了解这个女人。一切按照他的设想，从灯重新亮起来开始。

一辆车在暴雨中驶向郊区。

孟茹披一件衣服，坐起来，来到客厅。她拿着手机发呆时，那辆车已经抵达郊区的一个小区。

余钧对女人的丈夫没留下什么印象。那是一个平凡无奇的男人，据说那个郊区的房子也是女人的父母家的。他握半天余钧的手时，司机解释他们如何相遇。丈夫有些不好意思，后来看着车开走了。他回到家，一开门，手在墙壁上摸到旋钮，灯亮了，孟茹正坐在沙发上，嘴唇翕动。这么多年，余钧太熟悉她的嘴型了。

"还没睡，都说不要等我。"

"你刚才聚会去了？"

孟茹的话让他一惊。沉默一会儿，他将声音放低：

"和同事他们喝完就去打牌了！"

新生活是这样的，打牌、上班、喝酒，还有没完没了的会议。每天都被不同的人搅和一把。孟茹听妈妈说，很快余钧就变成你爸那样。看着手机里模糊的照片，她的脑子很清晰。可能是在这样的家庭环境长大的原因，她相信的人和事不多。

打电话的这个男人和自己选择结婚的男人完全不一样。

我们会为此辩解——这张照片什么问题也无法说明。它顶多只是故事里的小波澜——这一点很明确。孟茹也知道，故事不可能按父母给她生活的计划环环相扣地进展下去。

第三站：绿草地

余钧把伞拿到阳台上滴干时，站着不动，那片草地上绿色仿佛都浮了起来。而后又回到客厅。窗外的雨水啪啪作响，在灯光中，她侧头去看，比刚才更大，这一夜他们伴着音调单一的雨声入睡。

梦中的草地整个不见了，新居前只剩一片灰褐色的土地。早晨醒来，他赶紧开窗，草地上的绿色的确减少了，远处的草地边缘一块一块裸露出灰褐色的土地。

雨仍在下，上班前孟茹从厨房出来，跟他暗示，以后别老开车去河边！大雨容易发洪水。中午吃饭时，雨已经没那么大，天色也不如上班时那么晦暗。阳光渗进屋里，孟茹脸上的轮廓变得清晰。

她坐在沙发上，手里拿着电话，心里数到"二"时，电话里传来余钧的声音。

他在办公室，一边接电话，一边跟同桌的人摆手，同事们也再不出声。

电话这东西很有意思。记得当年他刚来县城工作，有个同事专喜欢模仿人打电话。别人打电话的一举一动都逃不过他的观察。他模仿过很多人接电话时的表情，唯独没有模仿过余钧打。好像所有人都知道余钧手上的电话，不是电话，而是电门。他开不起这个玩笑。

打电话一度成为孟茹消磨时间的方式，想起来就打个电话，剩下的则是独自在家——这样的女人对规律格外在意。

天黑以后，天上的星，在不在原来位置出现，她向窗外看的时候就在确认，然后把头靠回沙发上。她认为天上的星，象征着一种规律，什么时候亮，什么时候灭。明显有些异常，余钧的电话迟迟没有响。他下班时看了几眼，才下楼。她把视线锁定在电话上，眨了眨干涩的双眼。时间其实不算晚，月光很亮。

她坐着坐着，睡着了。

到底是谁给了她消息？余钧在回家的路上，经过那片草地时想，看了一眼三楼，窗口黑着灯。

孟茹在客厅里，给他那张模糊的照片时，他不知说什么。他知道自己所说的一切，在孟茹的思维里都有另一种逻辑。

他必须面临这个选择，看上去她经过深思熟虑，她说到照片里那个女人时，没用肮脏的词，反而提示出这次的问题，不仅仅是选择——那个女人年轻又漂亮，也是美术老师；而另一边是妻子孟茹，这个伴随自己新生活的人。

一夜大雨。第三天中午，雨差不多要停了。

这件事发生后，孟茹顶着雨，坐车回乡下看过一次孩子。孩子个头高了不少。儿子保留了一份朴素，这是她喜欢的。孟茹把孩子放老家也是经过思考的。在新生活没有落定之前，似乎不适合让孩子度过童年。

"你想得怎么样了？"

余钧看孟茹回过头来。刚才她一直在看窗外。

清晨里，草地边冷冷清清，行人不多，余钧每次从那里走过，总要与几个人在草地边打招呼。人到陌生环境，着手做的第一件事是寻找一点熟悉的气息。他在草地前，站上一会儿，周而复始地，站上一会儿。青草都是一个气味，但又都很复杂。

已经不是第一回闻到这些味道了。

从现在开始，从他站在草地前，感觉到过去正清晰起来开始，事情走向了另一个角度——在半个月后的一天下午，三点一刻左右，他忽然接到一个电话。之前他始终在躲避选择，艰难的日子追赶了一段之后松懈下来，他也不再觉得煎熬。孟茹也稳定很多，除了不跟他说话——这倒是余钧希望的，他无法预想她会说出什么。朋友们聚会想为他想点办法。

从那个雅间里传出的众多说话声音，都是叹息。每个人聊起烦恼时似乎都刹不住车，余钧尤其是这样。余钧在事头上，话题必然从他开始，很熟的朋友问起另一个女人。

余钧不觉得奇怪，而是伸开双臂，脸上跟大家做一个无奈的表情。

"我就这么一扶，"他说，"说出来没人信。"

"我听说那女人非常漂亮，人又年轻，你们早认识了吧？你跟我们没必要说假话。"

多年的朋友们一边说着，一边在旁点头，余钧忽然明白，没有什么真的假的。大家愿意相信一个事实——也许那只是事情的一部分，照片作为一个瞬间，那个动作前后的消息全被省略了。

等他们的车陆续离开后，余钧走到酒店雅间的窗前，从这里也看得见他新居前的那片草地的一部分，那部分连接着墙外的田地。田地上堆着一些枯黄的树枝，还有一个塔在更远的地方。从他现在的角度看过去，依稀可见三分之一，一片树冠遮住了塔的一部分。原来他就知道这个废弃的塔，看来角度不同真的非常不一样——在他新居的阳台上看到的是一个完整的塔。一层灰色灯光，从塔的附近，往草地的方向过渡。

那个女人刚洗过澡，正在擦头发。自从那晚，被余钧送回家引起的一系列事情后，她也听人说过了。不知为什么还梦见他们真在一起了，那一幕也是在黑夜里，一片草香之中，他们捕捉着对方的身体。她为醒来后湿漉漉的身体，感到羞愧和兴奋。丈夫鼾声四起，她颤抖着手指，抹着身上的汗水。自从余钧扶着自己走上车，她不断想起那双手。余钧以前在乡下教书，一举一动都令年轻时代的她着迷。一次区里组织画展，那次余钧也在。他们见面了。他问她喜欢哪幅画。当时大家都很年轻，没有细想，伸手指了一张画。余钧的解释她已经想不起来了。时间真的过了很久了。

相遇的那个午夜，她从酒桌上逃出来。那段日子为调动工作的事,她和领导有点不清不楚。后来领导灌她喝酒,亲吻她。这就是女人,她在最后关头,仓皇出逃了。

雨夜的故事是一段出轨的结束。

那辆车从立交桥上直冲而下,到了路口,速度变得很慢,车灯朝她刺过来,她什么也看不见了,后来她感到身体有些重,一直往下沉,脚下的雨水冰凉刺骨。再次睁开眼,身边已经多了一个人。这么多年,她一直像个孩子一样。丈夫每次说想要个孩子时,她都说,这种生活你还没过够吗?对方沉默。一个孩子不应该承受这种生活带来的压抑。每个星期一次夫妻生活,她都觉得,那种崩裂似的兴奋渐渐变成了粗糙的摩擦。她闭上眼,按丈夫喜欢的方式亲吻他时,她投入了一种想象,在这个时候,她沉浸在那种想象中,紧闭双眼。

那晚在雨中,她就是这样倒了下去。

平时女人都住学校宿舍,她身上还带着中学生的某种感觉——这也许并不是一件好事,意味着她接到余钧的电话时,可以不想怎么样,一切都可以先不管。

四十五分钟后,夜色降临小城。柳河上洒满月光,两岸的杨树发出"哗啦哗啦"的声音,水流声完全听不见。女人打车来到河边,河边的小路上停着一辆车。

余钧的车没有熄火。他从那个雅间拨通了这个电话。他最初和女人想的完全不一样,他自己开车赴约。在一番谈论之后,紧接着是一阵长时间的沉默。之后那辆车,驶向前方。

那夜燥热难耐，风中全是柳絮，那些棉团迎面砸在挡风玻璃上，毫无声息。

女人说，一到这个季节，都是这玩意儿，干吗要种这种飞毛毛的树呢！

余钧也不知道怎么说，他已经习惯了，于是关上了车窗。汽车行驶一会儿，又停下来。从他们下车的地方往前走，有一个堤坝上的豁口。走进去，前方是一个堤坝，他们在一片柏树林后拐弯，眼前出现一片空地，边上有排白色的栏杆。他们没有继续说话，只是平静地，站在那里，河面上的风带来潮气。前面已不是过去那条浑浊的河，早已没有腐水淤泥的味道了。

女人听到电话铃声，强作镇定地跟余钧说，你接电话吧。

余钧似乎没有听见，电话铃声从耳边流动的风声中，突围而出。他知道，电话另一头的数字，正在递进，五、四、三、二……后来，他们去了那个供县委每年开会时用的招待所。在电梯里，她双手插在口袋里，拇指扣着掌心。直至走进房间，她都没发一声。屋里有点暗，余钧去摸开关。灯刚亮起来，又被关掉。那个曼妙的身影，在他眼前闪过。与此同时，手机被碰落在地上。

孟茹听到听筒里传出"您所拨打的电话已关机，请稍后再拨"，把手机扔在沙发上。那一刻，她忽然想起事情的开端，也就是另一个男人在雨夜打来的电话。

另一个男人正跟他妻子亲热着,每个周末例行夫妻生活。有人玩笑说,他是不是不行?他说,那得看发展錳錳事业是否没什么发展,发展点别的不行?四周的同事,一茬又一茬,自己老了。怎么会说到那方面呢?

他从未想过自己这方面不行。妻子挺喜欢他这方面的。每次,她在丈夫手中弯来弯去的身体,连自己都觉得不可思议。她并不想以这样的方式表达,她不想。他会抱怨她跟一条死鱼似的。她只是把头斜过去,看向窗外,而后他也把头斜过去,看向窗外。窗外是另一栋楼房,一栋一栋灰色楼房挡住了一切风景。

电话信号依次经过一条无人小街、一片草地、一扇大门,七拐八拐,穿过一片灰色的楼房,抵达其中某一户。那个喘息声还在继续。

电话响起时,他趴在女人身上一抖。这么晚是谁?他拿过手机,移开身体。一看号码,心里几分得意,他去了客厅沙发上。这是一种复杂的心情。

"我有什么办法?"他想,"我又不是警察?"于是在电话里说出了另一番话,"你睡一觉,天亮了就过去了。"

与孟茹的事过去多年,这个电话让记忆清晰如昨。他忘不了孟茹,每当想到这个女人,内心埋藏着的最初的爱情,就翻腾起来,尤其在每个周末他和妻子相拥在一起。这些年还好些。前些年他甚至不看妻子，在心里喊着这个女人的名字。来到浴室，他坐在花洒下想起雨夜在路边的窘态——床上没进行完，妻子推开他，他就去接电话了。欲望被流经身体的水，奇异地唤醒。他对着镜子，露出惭愧的笑容。很多年前的某个瞬间，让他浑身过电般颤抖了一下——他毕业分配到报社做记者的第一年，和孟茹相识了。

孟茹当时在报社工会。单位里过节分发东西，他会经过工会。他又是单身汉，整天在外跑现场，单位发东西总是没人帮忙领。后来有一次，孟茹在宿舍门口把东西都拿了过来。两人熟了之后，他有时出差，孟茹就把东西送他宿舍去。社里的人，也感觉两人的关系几乎就是公开了。

余钧是他们爱情的闯入者，本应该是这个故事中的"另一个男人"。他一直是这么认为的。余钧只是运气好。

报社组织通讯员登山活动，笔会邀请一些基层作者。当时在教美术的余钧，因为通讯稿写得不错，就来参加。孟茹是活动的组织者，带队去春山。

和很多早春时节一样，汽车奔向那里时，下起了雨。孟茹默数人数。余钧一路紧跟着这个爱数数的姑娘，下车后雨小了一些，大家沿潮湿的阶梯上山，那段山并不高，只是峡谷众多，到了山腰，雨忽然又大起来。大家在半山腰被雨打散了，分开两路，各玩各的。有的走远了，有的则拐进狭窄的峡谷里避雨。他走着走着，一个陡峭的悬崖闪出来，余钧后退时听到有人喊。她来过很多次,却不知道那里有个大洞,像个井口。她站起来,顺着他手指的方向往外看去。这个洞井不深,底下铺满枯草,坐在上面很暖和。因为那片山崖的遮挡,雨向西面落,并没有往洞里落。屁股下的枯草都是干的。

另一个男人一看下雨就自己跑了,现在雨小了,找不到孟茹又很着急。走过悬崖时,看见围着很多人。两人被救起后,孟茹脸上展现出的是一种几近安详的神态。与之相比,另一个男人的反应,倒有点过头。孟茹指指站在旁边的余钧——那是他第一次见这个人。

这件事可能只是一个引子。

他想不通孟茹为什么拒绝求婚。孟茹说,让他等等。没承想从门卫那等来孟茹申请去乡村中学考察的消息,那个学校就是通讯员余钧所在的学校。

乡村学校的操场是土黄色的,反而是零散地长着一些草。那些草也不是很绿,在下午的阳光下显得有些枯黄。余钧喜欢站在操场前,看着这些草,也不因为什么。孟茹到学校的那天,远远地,叫了半天,也没反应。后来她走过去,四下看了看,也不知余钧每天去那里看什么。直至有一天,学校外面,更远处的山路上,驶过来一辆车。他带着几个人把余钧打了。这件事之后,他们再没有联系。没过多久,他就从报社调走了,而后看着自己心爱的女人结婚、调动、搬家。

他留着她的电话,一直没删,直到那晚看到那一幕时才派上用场。在电话本里找到那个号码,对他来说,当年的气愤重新燃起。此时完全不够,一个电话远远不够。即使后来他又调回报社——孟茹已经不在后勤工作,他还是觉得在人群中,抬不起头。

孟茹坐在黑暗中,盯着客厅墙上钟表的时针,从十一移到十二。自己能怎么办呢?这些年自己和年轻时的表现,完全不一样。她会想,过去就让它过去,当一切都是假的,本来也没有真假。孟茹当然知道自己变了,却不知改变是从什么时候开始的。最后她手上拿着一个首饰盒。里面的那条项链,是余钧送她的信物——这条氧化之后不再那么金黄的项链。余钧在黎明前赶回家。黑暗尚未退去,孟茹坐在黑暗中,一动不动。

孟茹叫住他,让他看这条项链。

她的意思不是指项链真假,而是项链背后的记忆,那时余钧只能买得起一条假项链,可是这没有影响她的选择。

对面的余钧看着她,忽然野兽般扑过去,一把将她抱起,朝卧室走去。

这一幕猝然发生,下一幕是她的身体被死死地按在床上。整个过程,犹如回忆倾泻而出。某声喘息,某个姿势,让两个女人重合在一种久违的感觉之中。

孟茹让余钧把手机交给她，以证明自己的话。她拿过手机说，我手机也给你。余钧证明不了自己。到这里，事情就算暴露了。

几小时前与那个女人的缠绵的事情，这些天发生的事，都成了一个漫长的前戏。

那个女人大腿夹紧的同时，曾低声说道，男人都一样。他现在才琢磨起她的话。女人都不太一样。他想着，加快了车速。驾车回家的路上，这种感觉让他眼前的风景燃起了烈火。可能也是天气闷热的原因，车窗外的风景都是暖色调的。

清早，余钧在吃早饭，只听卧室传来一个短促的短信声。

他等着孟茹从屋里冲出来，大发雷霆。可是没有，清晨的鸟叫声显得很大。同时，沙发上妻子的手机也传来一条短信。扫了一眼，信息内容只显示出"好像说一句"，他有些好奇，伸手过去，后三个字是"亲爱的。"

在乡村中学教师宿舍。那一夜没睡的女人发完短信，就开始拿着手机，望着窗外。她没有等到回复。

"生活如戏"只是形容，很多事后来未必会发生。据我们分析，可能有两个原因——

一是孟茹对余钧的原谅不是基于理解他的处境，二是余钧并不能算是和那个女人发生过什么。因为那个房间没有开灯，月光照着玻璃窗，依稀可见女人脱掉了上衣，她的身体从进门开始,就被欲望挟持。她的耳朵是甜的,手指是甜的,耳垂是甜的,鼻孔是甜的,她的唇也是甜的。一股甜水在他的舌尖,欢蹦乱跳。交缠之下,女人的头,被他按到床上。也许,是手力越来越大,她大喊了一声。这个声音在黑暗中,传了一会儿。女人的身体冷却下来之前,白炽灯的黄光,映照出一种极不真实的曲线。他看了她一会儿,又把头转向窗外。窗外似乎也是一片草地,泛着绿色的草地上,倏地掠过一小片阴影,它给人的印象是一种无法预知内容的隐喻。

这种感觉是惊鸿一瞥——我们都知道,他在走出宾馆之后,可能再也没有回头的机会,把这一切看清。

第四站：立交桥下的发廊
（102.56公里处）

落日停在西边的天上，下班的人流开始朝着一个方向流动。此时，一个男孩出现在天桥下，不知道要去哪里。但是他可能觉得，至少先离开这里——不知不觉这种感受已经在男孩心中持续了很多年。以前大部分的时间，他一言不发，躺在医院时，他才有意识地，回顾了一番。也的确说不出什么。那不只意味着，知道或不知道这么简单。他没办法把这一切说清，那些散在回忆里的蛤蟆镜、变速车、粉灯、发廊等等这些玩意，无一不勾连着一些隐秘的情感。

本来，他答应不再逃学。在那条穿城而过的公路上，新变速车莫名其妙地坏了好几次。这条公路的另一头，通往海边，从这里过去，大约102.5公里。周围人好像谁也没有去过，以至于提起远处的时候，大家都有些顾左右而言他。那是一块没人会主动谈起的地方。当他骑车奔驰在小城里时，经常想到他们的老师会如何批评自己，他就会不由自主地加速，链条落到最小环，这样蹬起来虽很费力，速度却很快。驶过商场巨大的橱窗，驶过那片铁路边的窝棚区，驶过柳河桥，驶过在天桥下第三个街口，然后向左转，变速车在一间发廊门口，画出一个漂亮的弧线之后，停下来。他总是一脚支在地上，一脚搭在踏板上。本来想一直骑行下去，可是他临时改变了主意。

天桥下第三个街口左转不远处有个发廊，发廊基本上算是在天桥下的一条街上，一个眼睛细长的女人，依着门口抽烟。这个女人额头上卡着一副蛤蟆镜。后来他还认识了发廊里一个管洗头的小工，年纪看上去还很小，她和他说，长大以后的愿望是买一个老板那样的蛤蟆镜，自己是从灵蛇岛来的，还说灵蛇岛上的阳光比这里强烈，更需要一副墨镜！当她问起这个男孩长大之后的愿望，他却说不清楚。小女孩看他不说话，就开始在屋子角落里的手盆里洗毛巾——大部分时间，她也只是做这个工作。

那次，瞥见他把新车停在天桥下，她就从发廊里，高兴地跑了出来。

她喊他，小逃犯；他喊她，小女孩。看上去，她的年纪很小，原来他们同龄。她乐呵呵地说，你换新车了，这车真漂亮。随她往店里走时，男孩一边走，一边问，你一个人又在洗毛巾吗？小女孩指一下里屋。过一会儿，一个胖男人，从里屋走出来，在沙发坐下。

那个沙发在发廊大门的旁边，旁边是一块毛玻璃，阳光很难照进屋子，所以那里，白天时也有些暗。他低着头，闭着眼，把头仰在沙发背上。

前一秒钟，男孩还想看看他，现在算了。小女孩笑着说：

"您还要不要洗个头再走？"

胖男人伸一下懒腰：

"下次吧，我还要赶路。"

从里屋走出来的女老板，一眼就看到了他。

"松野，今天又逃课啦？"

等她站过来，胖男人已经走到了门口。这时她又追上去。

"这会儿去海边可要小心，听说岛上美女可多呢！"

"听说蛇比人多。我可是去找人……"

时断时续地，能听到他们的对话，他们说话的声音必须很大，因为天桥下的噪音经常把悄悄话遮住。这里待的人说话声很自然地提高了好几度，包括"小逃犯"和"小女孩"聊的那些没用幼稚的话题。

这个胖男人此行一定会很有意思吧？他开车走那么远的路，非要去找一个人，那肯定是一个，或两个重要的人吧。听小女孩说，那男人是去找一个女人。女人怎么都那样。

也是在这段时间，他对女人产生了怀疑，自从认识了天桥下的这两个女人，他就开始，意识到同学马茬有些奇怪。马茬跟发廊里的小女孩年纪差不多。

天桥下的发廊虽然不大，装饰和其他发廊没什么区别。本来狭窄的地方，最多的就是镜子，三面镜子把空间扩大了。后来很多次，他去找小女孩，女老板都从里屋，掀开小帘子，迎出来。

她叫男孩，小伙子；男孩叫她，娟姐。她的发廊叫"娟娟发廊"。每个月他都要去娟娟发廊理发，理完头发，他们就坐在毛玻璃后的沙发上，从那些可以斜看到天桥的一角。好天气时，小女孩会把毛巾拿到外面去晒一晒，再回来加入他们的话题。

你问过娟姐，小女孩真是从那边来的吗？那边就是很远很远，这条路的尽头。娟姐笑着问，是她跟你说的？

正好来了客人，娟姐站起来，招呼客人去了。黑暗中只剩下你们，一块斜着头，看着天桥上奔驰而过的车辆。

记忆中小城的天气似乎经常阴天——至少是在他们熟悉起来的那段日子，大太阳的时候不多。

他跟小女孩说起过他的女老师。小女孩在发廊门口，见过她一次就知道了什么叫忧郁。小女孩以为"眼神忧郁"只是个类似于"大眼睛""高个子""长头发"等等的形容——他拽着她，匆匆往窗户边上走。当时她的注意力，集中在指甲上。男孩在她把刚染色的指甲高举在头顶，顺着阳光看时，看到了一个女老师从天桥下,骑车经过。他指给她看。

娟姐听到他说话,也走了过去。

他们站在一个地方。那条路要修到什么时候啊?小女孩似乎更关心那条修了很久的路,而不是骑车经过的女老师。

"看啊。"他重复说,"快看!"

小女孩茫然的表情,让他不得不用手指指自己的眼睛,又指指阴云密布的天空,最后再把手指伸向前方。她才恍然大悟。

娟姐看了一眼他们,等她把头抬起时,她也看见了。

她的眼睛里是不是好像在下雨——这不可能不是原话,这是一个富有想象力的描述。这个对于"抑郁"的描述有助于让所有人记住这个"眼睛里下雨"的女老师。她是下面故事的重点。

"不知为什么,女人们老是说一些你听不太懂的话。又是远处,又是逃掉,又是风声紧。你看!"小女孩把手挡在男孩眼前,对他说。她问我的指甲好不好看时,也许男孩的心绪,早随着娟姐打电话时的声音飘走了。

变速车把男孩带入工地运输车的人流。最后他拐到天桥下,把车锁好,去了那个装有巨大橱窗的商场。有段时间,他也不知道为什么忽然不想去发廊,不想去学校,逃课后独自在商场里晃荡。

松野,松野!一个男同学手舞足蹈地,跟你打招呼。那是一个平时特别老实的孩子，学习也好，他们在二楼说一会儿话，说着说着，对方忽然问他，如何送女孩礼物？

男孩们有着差不多的爱好。虽然他们强行被分成好学生和坏学生。说起学校里的事，他会立刻想到马茳。

他们的父辈是老朋友。马茳他爸是一个生意人，他彻夜长谈的那天，他被他爸喊过去喊了一声：马叔。马叔说："你这几天多跟马茳说说话！你们是同学。"然后又给你一百块钱，"你给马茳买个礼物去。别说是我给的啊。"

马茳什么也不需要。一连好多天，老师都觉得她状态不对，就把她叫去自己的办公室。她站在办公室的窗前，整个人恍恍惚惚。

"老师，我知道你对我好。"马茳有点想哭，在老师伸手过来，抚摸着她头时，她忽然转身，"我害怕！"

那几天，她被家里的事吵得学习不进去。

关于这个女老师，男孩知道的不多，从他爸的零星话语里摘出一些重点的词，整理一下，大概可以说明他们很早就是认识她。其他的一些信息是老师上大学时好像曾跟随一个教授做研究。教授看重她。后来阴阳差错，她没能按照教授允诺她的，成为一个研究者，而是回老家当教师。

她觉得无所谓，来到这里之后，却是另一回事。

这时已经过去了很多年，那个叫卫平的男人——她大学时代的男友联系她时,她已经在老家的学校工作四年。放下电话,她的眼睛,就这样望着宿舍窗外。在宿舍下面,天桥旁边,一条巷子里的一辆褐色轿车——它在那里停了一段时间。电话是车里的那个男人打的。慢慢地,夜色笼罩小城,路灯光照下来候,那条狭长的巷子显得极其深邃。褐色轿车从天桥下的发廊门口疾驰而过,再也看不到了。

男孩在差不多的时间,走上天桥,低着头数着台阶,三十九级台阶。天桥对面是商场,透过明亮的大玻璃,他看到橱窗里陈列的物品,以及商场里购物的人们。为什么是三十九级台阶?没人可以回答。

"三十九级台阶"原指在一个靠海小城,悬崖边有一个通向海边的三十九级台阶的小道,偷盗国家机密的间谍将从这里逃走。没人知道他们逃走之后会发生什么。从录像厅看完这部的电影走出来,他骑着车回到家,在门前掏钥匙,准备往锁孔里插时,屋里传来父母的吵架声。有一次他们大吵几天,没有结果。按平时可能早就过去了。这次家庭战争始于几天前马叔来的那次谈起的事,他们吵架是因为他妈的一句话。

"你爸总有一天会像马叔一样,找年轻的女人。"

这时他爸说什么都多余,沉默就是默认。

门"哐"一声打开,他妈怔了一下,而后走下楼梯,她在楼道口想起什么似的,红着眼睛,看了男孩一眼。每次都是一样,紧接着他爸该有些无奈地站在屋里,用不了多久他也会出门去。他爸出门后,他也会逃出去。

后来就有了一个男孩从天桥下骑车飞驰而过的那一幕。他还会看到发廊里屋的灯亮着。街上一个人没有,当时时间已经很晚。

一个盛夏之夜,男孩骑了很远,然后又返回来,把变速车锁在天桥下的栏杆上,自己走上三十九级台阶,扶着铁栏,看了一会儿桥下的车流,才下去公用电话亭里打了一个电话。

他觉得,应该把自己知道的说出来。这是最后一个机会,在自己特别想这么做时,他父母吵架时的话在你耳边山响。男孩有点迫不及待地,想告诉她点什么。而不是像天桥下发廊里的娟姐和小女孩,总有什么事不想告诉你。并不是,觉得无所谓,事情就会有改变。

"松野,这么晚怎么还在这里?你父母多着急。你说你有事要告诉我。"

他没有说话。

"最近马茌有点不太正常,你知道她家里的情况吗?"

他应该说点什么。

那个叫卫平的男人,现在并不叫这个名字,据说是因为债务问题早换成另一个陌生的名字,现在他成了马茌的父亲。老师愣在那里,他只知道那么多。没有想到马茌来自几年前自己差点破坏过的家庭。现在又被命运牵着鼻子影响了这个孩子的生活。

刚过去的盛夏之夜里,老师跟他说了一些当时听不懂的话,然后他们一起走下三十九级台阶。她站在公用电话亭前说,大人的事不该影响你们,明天你不要再逃课了。我会处理好这些事。

第二天,老师早晨上班,经过学校前门东侧的车棚,特意探头向里面看了看,那辆新变速车没在里面。男孩又逃课了,他从天桥下的发廊跑出之后,骑着车,冲上了那条正在修的公路。他心里忽然很清楚,想说的话已经说完了,想做的事就剩下这个,趁现在试试看吧。那里到底是不是像娟姐她们说得一样?

中午休息,老师给男孩父亲打电话,他父亲好像不太在意这件事。他说,我哪有心情管这些!早知如此,不该答应给他买什么变速车。

黄昏后,孩子们放学离开,老师若有所思,站在宿舍窗边,手拿电话,整个人躲在窗帘旁边。她从那里,站了好一会儿。

那辆褐色轿车,还停在那条学校对面的巷子里。

她从那里,想到刚才的那个电话。真想忘掉电话里的内容,又不知道,如何转移到另一件事上,她没有想象中那么无所谓。一切早已安排妥当,她有必要犹豫不决。要不要摆脱纠缠，和那个有妇之夫说清一切？

这时，从她身后跑过来一个人，上气不接下气地，叫她赶紧去一下。

"楼下来了几个交警，刚在附近公路上发生一个交通意外，好像你们班的学生出事了……"

她一边听着，一边跑出去时，心里有一种不祥的预感。该发生的没有发生，比如自己和马茌父亲的陈年旧事，即便以前刻骨铭心，也早已过去。

第五站：在面馆的几小时
（100.8公里处）

凡是生物钟紊乱过的人都有一个同感——分针秒针在身体的某条神经里，你推我攘，沿着不可预知的方向，簇拥而去。这感觉在黎明降临前的那段时间里，尤其鲜明，为了让自己熬过黑暗时期，人最好紧闭双眼！失业那天开始，他总是过一会儿，就从床上爬起，夺门而去。实在难受，他希望找个地方释放，于是在楼下找到了一个面馆。

在面馆的几小时，自己是唯一的。面馆内部装修极其简易，陈设也单调，在门口靠左的位置，不知谁拿火炭灰，胡乱地写着"拉面馆"三个字。

这间面馆开在沟通春山与灵蛇岛的一条主路旁。小县城周边多是这样。准确地说，这是一个过渡地区。为依靠地缘经济，附近的工地昼夜赶工，证明着未知的东西。到了吃饭时间,许多口音,会在极短时间内迅速爆发——现在,什么也看不到。至少,在这个时间。面馆生意被工地工人支撑着,收入应该还可以。

他通常在窗前位子坐下来。上来招呼他的老板是一个兰州人,白白胖胖,两撇小胡子。当他每次凌晨走进面馆,老板都送上同样的笑容。微弱的阳光浮动着,还有几束光,窜上了他疲惫的身体。眼药水也用完了,他的眼前一阵恍惚。他的位置旁边有个窗户。

窗外的路上,噪音滚动。拉面上桌前,可以想象一下小城里每个熟睡着的陌生人。他们的睡姿,他们白天令人精疲力尽的工作,以及他们的枕边人。凌晨之后,这些人就陆续进入到他的生活,又在天亮之后从他的生活里逃出去。

面条端上来时,一个神态极像他老婆的女子走进来。

其实,他老婆的事比失业的事更有预兆。他却不那么认为。他认为,老婆也是带着这种看上去十分陌生的神态,从他的生活中走出去的。失业的故事一点也不重要。那太突然了。公司老板把钱吞了、跑路与他有什么关系。表面上看是有关系的,老婆便以此为由,不仅自己走了,还带走了女儿。

这个走进来的女人是陌生人,他却难以抑制想象。走过去。走过去。走过去。他的内心在说话。女人点了一碗面,看着径直走过去一个人。空桌很多,她却没有离开那张桌子。面条里的辣椒让人满头大汗,鼻涕倾涌,狼狈不堪。像生活中的不幸，总是如此奏效。

在面馆的几小时，相视而坐。她说，知道你会走过来。我见过你，你总坐在这，在这张桌旁。又说，你是我今天看见的第一个人。他看一眼窗玻璃里的自己，尴尬一笑。女人的头发随风飘动，时而挡住他的视线。

问题没有换回他的回答，只发觉她居然也有一双他女儿那样的单眼皮。这种单眼皮间荡漾出来的眼神不够夺人，却多出一份合情合理的忧郁。回头看向柜台后的老板，他人已不在那里，后厨传来笑声。欢乐不在这里。这里只有他们两个人。

面条变凉，凝固在汤汁中，成为一团一团凝固的生命，而胃却拒绝埋葬它们。这是一首诗吗？白净的脖上系上一条项链。这是他老婆没有的，还有它的吊坠是一种植物——属于他这个不会生活的人无法赋予名字的种类。今天是他生日，他永远不会知道降临人世的那一秒自己在时间紊乱的匆匆流逝中想到过什么。一声啼哭把生日逐年逐月推演成一个符号，暗示着方向不明的命运。他的确饿坏了……除长相酷似他老婆以外，女人已经激不起任何联想。

生物钟紊乱的感觉，让两人在铺设中的公路边，望向朝不可预知的方向簇拥而去的陌生人群发呆。淡光散落，手臂、肩膀上的汗毛，在微光下呈现出一种叫不上名字的颜色。他不知下一秒该去何地遇见何人。所以，害怕有花不完的时间，它们非得逼他把它们耗尽。

也是时间把他连拖带拽地,从儿童变成少年,少年变成青年,今后这个定势会将他从青年推向老年……这个时分,他不知道自己是好人,还是坏人。

反正,坐在女人对面才是重要的,重要到精神紧张到不知怎么应对她的话题。

她说起自己痛恨牛肉,每次只吃面条……除此之外,好像都是对的。听不出什么破绽。他们认识?他们不认识。他走向她时,其实他知道。对。他不认识她。只能说他们之间有一种熟悉的感觉。她指着面馆外面,语调缓慢地说:"上星期,他和我说,如果我们还能再见……"看来,他们并没有再见。女人都是这样为爱而伤。他是谁,已经不再重要。

从阳台上,望向对面褐色的旷野,绕过一圈柏树和刺槐交织的树林,还有树林之外淡淡山峦的痕迹,收回视线时,难免要从路边的面馆扫过。这一眼如花朵盛开,她绽放。她们在绽放的花萼里隐藏着纠结的心绪——她也不是第一次到面馆来。

明智之人,别无选择。为高贵者颂赞,成为下一个高贵者。他们能在面馆里倾吐往事,就是因为他们似曾相识。

他生长在这里,却从未喜欢过这个漫天灰尘的小城。现在,又必须在这个乏味地方念完大学。然后在这里工作、结婚、生子。

他希望乏味的生活里发生奇迹。

"待会儿,带你去一个地方。"他说。刚才,面馆里又进来一个人,看看又走了。也就是说,面馆里仍然只有两个人。一切就像没有中断过,只是一次晃神。"嗯。随便说,不愿意也没关系。"他想知道女人的反应,"你肯定有过一场爱情?说不定现在还活在其中。"他故意这么说。

为什么一个人竟可以爱自己老婆之外的另一个。这个女人比他老婆年轻,脸上洋溢着一种独有的光芒。他坐在这里,证明他还有一部分活着。活着好,可以旅游,可以恋爱,可以打架,可以骂人。他觉得自己是个好男人,至少没有爱上老婆之外的另一个,但这没什么意义,老婆还是走了。

我们会认为同一个人在同一个时间来同一个地方吃同样一碗面条,是一种反映内心世界的仪式。

高楼上的某个房间,此刻灯依然亮着。能不能让我知道,爱是什么?女人的青春让他倍感衰老。他应该在睡梦中死去,无声无息。你和情人接吻吗?除小时候不懂事,他没有跟任何人接过吻,不要误会——我以为,你渴望一个吻。几年前,他设想毕业之后爱上一个人,之后结婚,很快。对,很快,快马加鞭。

一个跟她差不多的单眼皮女儿出生。一个人的长大,伴随另一个人的变老死去。时间、地点、人物都与他的这个意愿有关。所有改变都是为更好地忠于开始吃面时的沉静与忧伤，如同随便什么悲伤故事的尾声。

像相遇，她忽然说。

目前为止，他也分不清到底到底发生了什么。此刻他看着她，这是生物钟紊乱的恩赐？透过她的样子，看见自己的老婆。那张年轻漂亮的脸上呈现出一种绝妙的均衡感。开始，他不知为什么，接着他发现那个耳坠——小耳朵妩媚精巧，还有淡蓝色血管在透明的肌肤下闪动。

"我花十年时间来见他，但他可能只用十秒时间判断一下，就可以走出去。我们之间，没有任何联系。我吃面，他也吃面，还有你也来吃面。如果有一杯酒，你该敬我一杯。"

女人说的，明明是另一个人。但"他们"的界限好像越来越模糊。

她是讨厌牛肉的面馆客人，这一天的第二个客人。两个可能已经被周围环境忽略的人在此相遇。

清晨如梦境，相遇似诀别。面馆老板正打着瞌睡，梦里有他的故乡。他和女人说过想回去，却没有动身的意思。他也有个女儿，他也是父亲。他渴望献出一切，在梦中他和老婆相拥而眠。背景是夜空、阴霾、星星、月亮、红色被套，或蓝色台灯。

他们开始亲热，他们多有默契，他们如过去一般体贴，第一次那样富有激情。他们汗水交融，在封闭房间，竭尽全力，挥霍快乐。他将为没有爱上一个人而感谢自己。他拉住她的手,柔软、纤细、潮湿、熟悉、陌生。

他抚摸着她的每根手指,他让她的指甲在他的皮肤上狠狠划过,甜蜜地侵入神经,响彻全身。他轻拾露珠,融入清晨,他张开双眼,他对面是工地的灯光。

面馆里坐着几个民工,他没有感觉到其他客人的注视。终于有声响。新客人来,他也该走了。他吸最后一口烟。面馆门外的汽车喇叭声是一个结束。

她走,他也走。

女人在出租车前,拥抱了他。天亮以后,面馆之外,最初的场景是一个人疾步而行。两个、三个、四个、五个、六个、七个……脚步混杂,人们议论。一个男人站在面馆对面,二十四楼阳台上,慢慢地滑倒在地。失眠不是最可怕的,等待天亮的感觉,在身体的某条神经里,你推我攘地,沿着不可预知的方向,簇拥而去。

黑夜将退未退的一刻,也许是世界上最动人的时刻。

第六站: 暗巷中
(96.4公里处)

一

这里满足了他的一个幻想——在最动人的时刻,暗巷中时而会闪出一点亮光。而那些流动的光斑,显得有些神秘。那片地方很快也要拆迁了,它在旧年头作为一片烟花之地,留存在了那些陆续搬走的人的记忆里。剩下的一批陈旧的老建筑里,来了不少年轻人开酒吧和餐馆。一到时间,暗巷中有不少女孩出来吸引异性。警察多次查抄也没什么效果,后来索性放任,不太管了。到了天足够黑了以后,就有一些身着亮片短裙的女孩,开始在街边游弋。

四天前某个入夜时分,刚下过雨,路上偶有积水。这片的路灯,始终修修坏坏,一直都是隔一段一片黑。

他和三五好友坐上车，正在去那里的一家餐馆吃饭。过立交桥，转入一条大路口，拐进了一条暗巷，夜路越往深处去越黑。路边的霓虹灯照不亮前方。有积水的地方，格外流光溢彩。

车一头扎进了暗巷中。里面有很多饭馆，平时开车来的人也很多。车灯光在街上交织起来，偶尔也挺亮的。他忽然指了指车窗外。一个紫色头发的高个女孩从一个发廊里跑出来，往路边的垃圾桶里吐了一口什么。为大家开车的姑娘，大大咧咧，瞥了一眼窗外，她嚼着口香糖，又说了一遍：

"男人都挺变态的！"

"变态的，不仅是男人。"他说，"之前在报纸上看到一个女人在家和小狗搞呢。"身后有人超车，开车的女人打了一下方向，继续有一搭没一搭地和他们说话。

忽然，对面车灯晃了一下，眼前一片空白，"砰"的一声响后，女人一脚刹车。

"是不是撞到什么了？"

车停在路边，两个路灯之间，让出了一条车道。他从后窗探出头去看了看。看了半天，才看见远处的路上一团灰色的东西在动。车上的人，互相看了看，然后开门，纷纷下了车。虽然有一个路灯，可是距离有点远。路灯光照不到那块地方。他们走到了那里，看清躺在地上抽搐的是一条黄色的柴狗，个头不小，肚子上裂开了一道口子，花花绿绿的肠子，撒了一地。头还剩下半个,爪子上都是血,眼睛还瞪着他们,舌头从嘴里耷拉出来,斜斜地,使劲想去舔地上的血,它的嘴一直在抖动,伴有一丝"唧唧"的叫声。不过街上车声隆隆,听不大清楚。

"看样子,马上就死了。"

"可它还在动啊,咱送宠物医院吧。"

他看了看四周,有车开了过来。

"你说呢?"

"我看,没那个必要了,它活不了了。"

大家站了一会儿之后,陆续返回车内。谁也没有听女人的建议,没有一个人去碰那条受伤的狗。它在车离开时,依然躺在原处。很快就会有别的车,疾驰而过,它的痛苦不会持续太久的。

这么做是最好的。刚才开车的女人坐到后排,另一个人去开车。他一直扭着头看。

"有什么好看?"

刚才街边那个吐东西的女孩走到了那边。他从后视镜里,看到她在一个卖炒饼的小摊上停下来。小摊边围着很多夜行人。

汽车启动后,车窗外飞扑过来模模糊糊的景物,他不禁陷入想象,假如躺在地上的是一个人呢?即便一条狗,它难道一定会让下一辆车轧而立刻死吗?他不是没想过救它,稳妥的办法是把它弄到街边,找一块砖头彻底解决。一块不够,多搬几块,朋友几个围成一圈轮流帮它解决,像是一个行刑队那样,他们的目的听上去很高尚——为了结束他者的痛苦。

十八分钟后,夜色更浓了。他们已经坐在那家餐馆靠西的一个方桌旁。桌子对着门口,因为是夏天,所以在这里比较凉爽。餐馆的老式吊扇"吱吱呀呀"地转半天,也不管什么用。老板在他们用餐时放了点音乐。

对,他们中的一人说,一定要来点欢快的音乐。这个老板似乎认识他们。

"刚才的事,就让它过去吧!"

那个坐他对面的女人叹了一口气。

"它自己突然窜出来的……那么黑,谁也看不见。"

真的,他在车上的沉默,不是责怪她,只是不知道该说什么。

"现在我们这么冷漠啊!"

真的,只是不知道该说什么。

"既变态又冷漠!"

她补充完了自己的意思之后,端起一杯酒,一饮而下,看上去心情不太好。她说话时,一直看着他,而他似乎意识到当时下车,不该提什么送宠物医院。

周围几个人面面相觑。生活中这种小意外,身边处处都是。可它发生了,正确的处理办法是当作什么也没发生。今天不晓得为什么会产生了一种多年未有的冲动,突然想回去找那条黄狗。假如它还活着,一定要把它弄到街边……后来,这个冲动使他坐立不安,神情恍惚,好像看到自己推开门,走了出去,走向了那条街,那个路灯照不到的角落。

二

角落里闪出一些火光。那是黏在他薄薄的下唇上的烟卷的小火星。他坐在暗巷中,小火星很微弱,几乎都要灭了,然后很快又从左边闪到右边。一股烟气,灌入喉咙,他的喉结大力扭动一下,重新停在那里。他被烟气淹没了那阵颈上的瘙痒,伸手摸了摸脖子。摸了一会儿,还是很痒。

谁也不知道他从哪里来。本来他抬头是为了抻直脖子,让呼吸更顺畅,天上的月光照不到暗巷中的他。他想多在这里待一会儿。

三个小时前,他已经蹲在这里。他对这个咳嗽非常不满意。等了半天,居然只是小小一声,一点不过瘾。在通往老城的路边,有一棵槐树。盛夏时节,树枝遮挡而成的阴影,虚实相间,下面是半截石台,其实也没什么选择,他觉得越走头越晕,后来还有点恶心,就停下来,靠在树上。没什么行人会从这边经过。

火机吐出的光是蓝色的,他故意让它燃得久一点儿,这样方便自己更专注地看着它。这么暗，也没风，火苗在他眼中一直在扭动蓝色的身体，毛茸茸的身体，随时消失的身体——只要他的大拇指松开。

街上的灯光也是昏暗的。偶尔有人走过，听到皮鞋与地面上的积水发出"哗哗"的摩擦声，等他抬起头——蓝色的火光跳跃着，他看不清了他们的脸。对，是跳跃。小广场上跳舞的人和行人不大一样，行人往往故意伪装成有事在身的样子，在一阵"哗哗"的脚步声中远去，背影也在黑暗中越来越淡。他怀疑他们根本看不见自己。

他们被黑暗放大成了一个个叠在一起的暗影。黑暗也让人的内心扩大了，越来越多的自在盘旋其中，随便干点什么都可以，包括在黑暗中将你的目光射向他们，他们此时毫无防备。后来，晕劲儿上来了，从脚底波及周围的路面，踩上去那么柔软，让人想起下一步那个硬邦邦的跟头，夹裹在三两远去的背影中，他总算到了一条街的尽头。然而什么也没有，月光暴露了雨水，依旧气味浓重。他走到一面墙下，双手扶着墙。

一个姑娘从墙边走过。地上的积水中出现了她的倒影。街尽头是两个岔路的开始。她停下脚步，没有走上任何一条岔路，而是回头张望起来。也许，她和那些行人一样，也看不见黑暗中的他——而他看见她朝自己站的地方走过来。

他们客套了几句。姑娘要去一个地方，因为天太黑——

或者刚到此地不久,认不清路。他伸手先后指了指两条岔路。哪条都可以通向她要去的那个地方,只不过一条绕了远点。他的手指在空中的摇摆,让姑娘有点茫然。

他看着她说:"离那里很近的。"她不愿意打车。

"天太黑了,"他说,"反正离这里不远,我送你。"

姑娘突然瞪大了眼睛。一阵风从身后的黑暗里吹来,他哆嗦了一下。

她准备摇头,他补说几句,姑娘还是摇头,他最后又补了几句,让姑娘相信自己这么做是有道理的。

那地方在一个小广场旁边,他家附近也有一条河。河边也有这么个小广场。有一次,他吃过晚饭在家看电视,电视机里在播一个电影。电影里的男人一根接一根地抽烟。电影里的女人从前面的男人身边走过时,都露出极为欣赏的表情。电影就是电影。他把目光从前面的女人身上撤回到那片黑暗。他摸不到烟了,找了半天,就出门去买烟。天色比现在黑,路灯在黑暗中显得特别亮。他走向的那个小广场上聚集有一些老人。这些人满脸沧桑,浓妆艳抹。老太太在老头的拥抱下显得落落大方,音乐响起,他们旁若无人地起舞。他穿梭在他们中间。远处比这里安静多了。他坐在角落的椅子上。他不喜欢那首音乐,抽完一根烟,就觉得耳朵受不了了。他抬头看看噪音的来源。任何东西似乎都不能影响到他们——在两个老头下棋的那根电线杆下,一圈看棋的老人特别吵。

几个老头观战，一嘴骂骂咧咧。当时，他走出去很远，还在回头。他们骂人的表情如此认真。坐在电线杆下靠东头头，使绿色棋子的老头眼看就要赢了，对面输的老头站起来，一拳打过去……越想越激动，好像自己成了他，一边走路一边将浑身力气聚集到胳膊上，随时会打过来一拳。

他们从一片水塘走过。她不太说话，走在前面。

"这条路对吗？"她问，"你刚才好像说是……"

"你看我们这不是眼看就到了吗？"

她的脸忽明忽暗，从一根电线杆到另一根电线杆，有的路灯光是黄色的，有些是青白色的，有些介于两者之间。他看着她，笑了笑，因为说不上照在她脸上的到底是什么颜色。

突然，他把想说的话说了出来。这个女人让他蠢蠢欲动。她一一做了解释，说完又继续走路，倒是他变得有点尴尬。这样的机会毕竟不多，这样的女人没有他熟悉的小城女人的拘谨。周围是一片很大的水塘，他们走了一会儿，依然都是芦苇。

"那芦苇像不像一群人？"

还好，姑娘根本没听他说什么。风声吹动芦苇发出"稀里哗啦"的声音。这里有点黑。他们偶尔说上几句话，差不多看不见芦苇时，他们走上了一条新铺的马路，刚下过雨，他们并排走着。

他不记得是自己还是姑娘随意说了什么，现在大家说到了小城唯一的服装厂。春山服装分厂有个门市部。

"自己在那做收银员。"她说。

这条路他平时也很少走。他觉得这条路应该会更远。所以,走的时候心里特别蠢蠢欲动。姑娘突然停下脚步,他也停下,他看着她抬头看什么,他也抬头。一块临时木制的写着"宿舍"的牌子。

"没骗你吧,过了小广场就到。"

他指着小广场的灯火。等他再看她时,也只是看到一条巷子深深的入口。

这片楼已相当陈旧,又没有灯泡的路灯。他很少来这里,他只知道这里即将拆迁。从这里走向小广场,就是从黑暗走向光明——那里的灯很晚还亮着。走着走着,找到一棵树,树下有个石头台,他坐下,掏出一根烟,在掏兜里的火机时,看见地上又多了一些烟蒂和很多脚印。他点上烟,烟丝燃烧,嘶嘶作响。

后来,他回家又喝了点酒,然后在屋里转圈,打发掉晚上的时间,还不太容易。他不记得自己怎么回到了家,只记得车声由远及近,轰然降临,接着一段急促的刹车声。车灯把他眼前的街道照亮了,也照得看起来有些弯曲了,墙上还有一道光,他们齐头并进,永不交叉,明明很清楚,看着看着又不见了。

几天后,他想来想去,就去了服装厂的零售门市,他想再好好看看她。走到门市时,浑身都是汗,他就在对面的街边站了一会儿。他使劲探着脖子,门市店里一排灰褐色的柜台,柜台上是玻璃板,能看到那不断反射出光。几个姑娘在柜台里说着什么。这时,没有客人,说着说着还会用手捂住嘴巴,笑声并没有被挡住。

有一个人走进去,这个人在他站的地方,也停了一会儿。然后,他看着他开始走了。刚才,他停下时看过他一眼。他们彼此一笑。他走过了街,走上台阶,共走了七步,他推开门,刚才聚在一起说话的几个姑娘,倏地散开了。

她们中的一个人,离那个进去的人越来越近。其他几个人则在柜台里运动起来。整个门市流动了起来。

与此同时,街上吹来一阵风,他意识到自己和刚才那个人的路线,几乎一模一样,他有点无计可施,后来故意把步子迈大,试着让脚步遮蔽脚步的轨迹。过街时还好,走到台阶前时,已有些气喘吁吁。第一个台阶到第五个台阶,一个没站稳,他差点从第四个台阶摔倒。那个人没买什么,看他走进来,有些警觉,与他擦肩而过时,他看了一眼。他也不是来买袜子的。掀开裤腿给她们看,她们就知道了。

当她们知道他来找人时,几个分散在柜台里的姑娘也凑拢过来。她们让他仔细描述一番之后,无奈地说:"厂子太多这种长相的姑娘了。"

"她说她在这里做收银员。"

"可我们不知道这个人。"

她们有的问眼睛大么,睫毛长么?有的说是不是头发长到屁股,要不就是个子很高。他觉得自己被他们的这些描述掠夺光了,他拼命摇头。虽然,没有怀疑自己记错了,他还是挺失望的。其中一个姑娘使了个眼色,他听到有人说,那边的那人也来找人吗?

街对面站着一个人。他也看到了,他觉得她们误会了,赶紧纠正:

"我不认识他,我不知道他干吗。"

"你刚才好像也站在那里,走路的样子,也特别怪。"

他下台阶时,又听见她们说:"你们不觉得吓人吗?"

回去的路上,他关心的不是后来几乎要跑起来的那个人,到底想干什么。他不知道对方是谁。这次,总算没有白来,他听说过一种"春山牌"的香烟,果然在回去路上服装厂边上的小卖部里买到了。

整个小城只有这里卖这个牌子。卖货的老头收完钱,开始摇扇子。同时,他把钱放进一个灰色的小木匣里时,看了几眼这个年轻人。

"大爷,大爷。"这一叫,老头反倒摸索起了小木匣的盖子,那个灰色的盖子上刻着一些花纹,他的眼睛盯着黑褐色的纹理,好像以前从来没看过。

"厂里新来的?"他说,"不是新来的老来的事,您抽烟吗?"

老头又低头看起了黑褐色纹理的小木匣的盖子。这个盒子如果再大一点,看起来就更像一个骨灰盒之类的东西了。老头摸索的神态就可以联想起很多事了。他本来想这边抽着烟,那边跟老头瞎说几句的。

时间还早。老头估计一个人在这里挺孤单寂寞的,远远地,就看见这个小卖部了。前不着村后不着店,说是开给厂子里员工的吧?距离也不近,小卖部和服装厂的铁栅栏门之间是一片乱草岗子。

"我看啊,你不是来买烟的。"老头忽然说,"我想了半天了。"

"大爷,我也想了半天了。"

"出去,出去抽去。"

老头的发怒十分突然,他一边跟他摆手,一边大声地咳嗽起来。

服装厂大门口的栅栏门关着。他掀着门帘,脸搁在一道小缝里,老头听见他说:"大爷,没问题,我在外面抽,我想很久也没想出来他们到底几点下班?"

老头摇起了那把扇子,说:"别问我。"

认真是不是件好事?不是。他低头走在回去的路上想。脚底下软软的,脚尖找着地上的散落的石子踢。虽然,石子在他根本都不看的地方滚动,他也不想看。他不管那些地方有什么东西被惊动了,他只管走。那个发脾气的老头和小广场上的老头又不一样,他和刚才那个奇怪的人为什么要扯上关系呢?前面的石子转动着他的目光,滴溜溜滚向很多双鞋。

他抬头看见一个店门口有一队人,把他搞得很好奇。石子停在那个老头脚下,老头在石子上微微颤动了一下,又把石子碰到一边。然后老头从队伍里挤了出来,迎着他的方向,手上拎着四个馒头,刀切馒头,一组四个。反正,回家也没什么吃的。

队伍很长。轮到他时,腿都站得有点麻了。

他气恼地说,你这馒头不要钱?那个姑娘捂着嘴笑。他有点奇怪,淡漠地问,怎么卖?她说,两块钱四个。不便宜呀,他的好奇心收到了打击。是,不便宜。她说,你不知道不便宜?他接过馒头,特意又看了一眼姑娘。后来,拎上馒头从队伍里挤了出来,迎着他要去的方向走了。

回到家后,他回想了一遍自己今天的作为。桌上的馒头就摆在窗口。挨着窗口的还有一盆枯萎的花。干枯的花枝插在干裂的泥土里。他吃饭的时候习惯闻一闻泥土的气味。他一边吃饭,一边想耸鼻子。鼻子上的凹痕越来越明显了,窗外的月光此刻是模糊的,刚才那个姑娘的样子更加模糊了。

他也以为是幻觉,那天晚上的事他开始认真地想了想:应该是幻觉,否则怎么会完全想不起问一问具体的细节呢?

他配着酒,吃下三个馒头,一碟小菜在花盆边上。最后,他把筷子并在一起放在了花盆上。花盆是那种灰色的普通花盆。记得之前,他就是这么放筷子,不小心把它碰倒了。花盆碎了一地。这棵花刚买来时开得很好。端它上楼时,还特别摸了摸开在嫩芽边肉乎乎的小花。卖花人说,你看,这个芽马上就开花了。事实上,他再次注意到它时,芽已不知去向。他在花盆里找到那朵花的花瓣,就黏在泥上。

大约晚上七点,他来到了路边的那个馒头店。那个姑娘不在那。他在商店不远处的路边坐下。一堆人在那里排队。仅剩的两根烟抽完了,他跑去商店买烟。等了很久,姑娘从旁边的小门出来了。他看着她回身推上了门,临走时,还用力拽了拽门把手。他想,姑娘没看见自己。

她和另一个在门外不远处等她的女人会合了。她们在他的不远处,那里很黑,可他确认她们拉上了手。而后,路在她们脚下滚动,她(那个姑娘)一边说话,一边带领那个年纪略大的女人往小广场的方向走去。他在黑暗中一点点靠近他们,在一个岔路,那个年纪大点的女人,突然拐弯。面前是条深邃的小巷,她向深处走了进去。

剩下姑娘独自一人走向广场。小广场旁的河边竖着路灯,一盏一盏亮起来。离广场越近,灯光也就越亮。老头老太太们跳同一支舞。舞曲的节奏驱赶着他们的脚步,他们像受到了惊吓。

看起来,这姑娘要去旧城——很多异乡客住在那里。路边亮着为数不多的几盏灯。她走上了一座桥，石板凹凸不平，姑娘的步子却很坚定。这条路对她来说似乎是熟悉的。他熟悉这条路，上次那条路的确没什么人会走了……出门前他也喝了点酒，来到桥上时，他头疼得要爆炸。一路上都没这么严重，因为紧张，思绪开始乱窜。手扶栏杆，他趴下去，大口喘气，河面上是特别亮的光。

咚咚咚，是脚步声。咚咚咚，是一阵短促的黑暗把那颗头里呲呲冒火的火药冲灭了。他留意到，刚才那个姑娘不见了，但可以肯定她就在前面的暗巷中，于是他匆匆追了进去。

第七站: 追凶者和凶手
（89公里处）

"簌簌"响起来的是芦苇。越往前跑，苇荡越疏朗；越往前跑，苇荡边缘越显露出了一个城镇的轮廓。还可以看见一座桥，脚下的疼痛来自干涸的河床。后来他从拨开苇荡，把黑包夹在腋下，走出来。绕到桥上，已经是黄昏。他扶着桥栏望着远处。看你往哪里逃！他心里这样想，我一定要找到你。

如果真的是第一次看见他的话，他外表中的某些东西很快会激起人正常的好奇——一个行色匆匆，身穿褐色长裤的中年男人，匆匆赶往某处。人们记住那件灰色的大风衣罩着他纤瘦躯体，一颗小脑袋搁在领沿上。不是偶尔晃几下的话，都让人怀疑眼前这个人是否还活着。当时的人都还记得那个黑色手包，这是他身上唯一看上去像样的东西……

转眼到了秋分,开始上路也是在这时候。现在身上的钱花光,自己搞得筋疲力尽,一路上怕被人发现,不走主路,沿着河床前行。他不想前功尽弃。如今,两只脚走路来,骨骼发出来的声音已经不大容易惊动野鸟。不过,听上去还是有些奇怪。风在芦苇丛中发出声响。从河岸边走过去的距离一点不近。拨开苇草,小城的轮廓渐渐打开。他的身体被消耗得很轻。

踏上桥头的第一步,可以理解为接近目标的开始。

天亮时他进入了那个小城,背后很远处的天空上飞着很多野鸟。当有人注意到他时,他正在路边撅着屁股,擦拭裤腿上干掉的河泥。后来,在他弯下身体恢复到走路状态时,那个人已经在路对面看到他。那个人(身上是摄像机、话筒、满是口袋的坎肩)有点像记者。更不能被这样的人发现自己来到这里。

这最早是一个关于一名记者坐在路边等待新闻发生,忽然看见一个装束奇怪的人,然后出大新闻的故事。从进电视台开始,他一直在做"街调"节目。新闻已经没那么重要,关键是参与。小城流行的这种调查节目最大限度地调起人们的兴趣。一个小城,人们为什么那么匆忙?神情相似。没人对摄像机感兴趣,谁也没有义务配合他在大风天里谈什么有价值,什么有意思。

他走了没多久,觉得背后有什么人在跟着自己。他把手包从腋下塞到胸前，跟着街上的人流，小跑着，闯入一条深巷。

小城案件多发，人们已经习惯。每个人身边都可能有犯罪分子。只要小命尚在，一切都显得没那么重要，抢劫案还只是损失财务，别的案件呢？拐过几个胡同，那几个神情紧张的年轻人，在拱廊街又转半天，才悻悻离去。他在一家酒吧的后门躲着，眉毛在眼眶上，随着呼吸抖动。他的手，叉在裤兜里。后来，忽然伸来一只手，他抖抖肩膀，吓一跳。

女服务员朝他微笑着，而后，又伸出另一只手。她是想替他脱去那件大风衣。他摇着头，往后退，他说我不饿，我不饿。他说完，服务员脱去皮的蛇一样脱去温柔，扭一下腰，指着他说，那就滚！重新走上拱廊街，他不得不承认自己被饥饿征服。他的肚子咕咕叫，一想到要找到那个人，就吃不下饭，一追到小城，他就感觉那个人似乎就在这里。

一条僻静的小路能将你引向冥冥中的相遇。他觉察到这点时，也在这条路上，走了很久。这条路再长，他也愿意走下去。刚才被人追，很可能暴露自己的行踪。最重要的是找人，最好不让任何人知道自己来过这里。只有这样才不至于影响他的行动。他把手伸进裤兜，裤兜放着一张卡，他知道一旦动它，现代科技就会把他的痕迹查到，所以他忍饥挨饿也要继续上路。开始时，他走得很慢，身后的摄像机镜头朝他逼近，他后悔刚才撅着屁股，擦拭裤腿上干掉的河泥。走了没多久，就觉得背后那个人还跟着自己。他把包从腋下塞到胸前，跟随人流，跑入深巷。拐过几个胡同之后，他赶紧躲进一家的酒吧的后门。他的手叉在裤兜里，听着门外的脚步声。几个年轻人在拱廊街上，又转半天才离去。他放松下来，身后忽然伸来一只手，他吓一跳。女服务员微笑着，而后，又伸出另一只手。

"我不用……"

她的手已经抓住了他那件大风衣。他摇着头，往后退。

"那就赶紧走！"

她指着敞开的后门，脸色说变就变。

他的脚步越来越快。当两人吸引到众人的目光。其实，他们已追逐了一段时间。后来，街上的其他人，也放慢了脚步，扭头看向他们，他消瘦的身体在大风衣里时隐时现。那个追他的人跑过去时，周围有人说，前面那人太瘦了。

记者一直在后面喊他，等一下。事实上，他甩掉那些人之后，也有些分不清方向。

环卫工从对面不远处，穿着他们橘色的工作服走过来。这时节，他们的任务是给杨树刷上一截白圈。显然，他们下班了。他们中的一个，停下脚步，与他面对面，手提毛刷，等他开口。

他有点喘气，很多时候，他的话经过特殊语调的过滤之后，都变得有些怪。他们在远处说点什么。交流完毕，他用缺少中指的手，摸了一下脸上的汗。后来去的方向，也是工人挥着手上的毛刷，给他指出的。

"从这回到那条路去。一条近路，恐怕你又会迷路；另一条是大路，可是有点远。"

一家银行在大路前方的柏树林后裸露出来。他只是想找个地方歇脚，里面有几个人，门打开，大家看向他。他身上有一张没法再透支的卡，从老家出来找人一路上花费不少，他本来就没钱。在大厅站了一会儿。大家看他一会儿，自然也就该干什么干什么了。他似乎攒了很大劲，掂了掂腋下的包。

他在这里站了一会儿,就离开。门外的树林里,躲着几个人。这几个年轻人在他走进银行时,走入树林。他从银行里走出来。他回想刚才的行动是否引起别人的注意?他挟着包,走向自己刚来时经过的公园——他在那里擦拭裤腿上的河泥。然后在那里被人盯上了。

一个女人停下来,停在气喘吁吁的记者身边。记者在为跟丢那个穿风衣的怪人而生气。

"你是记者吗?你是管找人的记者吗?"

终于,有人停下和一直被拒绝的记者说话。她站在他对面,他从口音上也知道,女人不是本地人。

"嗯?你说什么?我在采访路人,你愿意接受采访吗?"

镜头里的这个女人有点不知所措,挥舞着手。

"我不要采访,我要找人!"

"我是记者,我姓李,咱们找个有椅子的地方说。"

一个新记者,每天在小城里乱走,拿着摄像机,希望碰上一个新闻。他们慢慢朝公园走,附近只有那里有椅子。去那里需要经过一个广场。广场上落着一群鸽子。他和女人坐在公园里的椅子上交谈时,几只灰鸽子噗噜噜飞上了天空。

"你刚说什么?"

记者看着那几只鸽子,听到女人的一段话——

我们春山服装厂挺远的。那天一个下夜班的女工遭遇流氓。开始,她没对丈夫说实情,丈夫也没有多问。过一个礼拜,她丈夫才感觉到她下夜班回家的时间不对。这时,厂里人跟他说妻子好多天没上夜班。这一次,妻子前脚出门,丈夫后脚跟出去。他发现妻子在那条路上坐下来,然后手上拿着一把刀。丈夫的出现吓妻子一跳。因为当时太黑,妻子哭着对那个黑影说,这比强奸还他妈叫人难堪,我非砍断他的中指不可!

这是一个关于手指的猥亵妇女案,警方为防止社会上议论,对案件做技术处理。报上说是强奸,犯罪嫌疑人在逃。

他夹着黑包来到小广场,还没走到公园,天上的鸽子落回了广场上,几个游戏中的小女孩追逐在地上捡食的鸽子。后来,鸽子扇起翅膀,又飞上了天空。等他的视线从空中降下来,背景还是一样,眼前取代那几个小孩的是几个年轻人。他们越走越近。他躲过了他们伸过来的手。那只手,最后抓住他的衣领。他不认识这些人,当然不会停下。他的另一个肩膀被人按住。

"把那个给我们。"

几个年轻人一搭一唱,他的肚子此时发出几声咕咕声。他们当中就有人说,让他知道……他的肚子总会想起来的。随后几个年轻人果然朝他的肚子铆了一拳。当他从地上快站起来时,一个人又挥出一拳。这下他疼得捂着肚子,眼前一黑。

"你也不看看我们是什么人?这是什么地方?"

他又睁开眼时,有点失控,一心只想抢回自己的包。那些人已经跑出去一段距离。肥大的灰色风衣,在小广场上呼呼作响,他像个疯子一样,追赶出去。

"我的包!我的包!"

几个年轻人在广场后面的一片杨树消失后,公园长椅上响起了一阵手机铃声。记者看着一下聚集到天上的惊慌的鸽子,接起电话。有人提供新闻线索说,公园前的广场发生了抢劫。记者把电话揣进裤兜,起身也跑了起来。

"你上哪去?我要找的人……"

"你说的人,我会注意,感觉在哪儿见过那人似的。"

第一现场聚集着嘈杂的人群,找人的女人也追过来。大家交头接耳,谈论着打乱他们黄昏时正常休闲生活的抢劫案。

一个穿着大风衣的男人被一群年轻人抢走了包,肚子好像还挨了一刀,他捂着肚子倒在地上,后来站起来跑了。不是挨刀吗?谁说的,歹徒手上没有刀!他们手上有一个黑包,包里有一把刀。被抢的男人跑去拦了一辆出租车,就跑了。

记者没问那个陌生人的情况。围观群众却重复了几次,那人穿着一件特别大的风衣。

风衣男人现身了,就证明女人找对了地方。一时间,所有人都想逃跑,不想过多停留。他说,快去火车站!也许,只是找错了地方,那个人并不在这里。他想赶紧离开。出租车司机问,老车站,还是新车站?

出租车在路上急行。他摸了摸兜,肚子因为紧张也不再乱叫了。他的决心已定,他说,去老车站!他把头贴在车窗上。他觉得通过车内的后视镜,看见路上飘浮的垃圾袋……

"那些人不知道从哪来的!"

出租车司机的意思很明显,他在解释脏的来源。

"许多地方……"他看一眼出租车司机,"怎么越来越像?"

这条路上逐渐出现熟悉的风景。他忽然看到路边的什么,大叫起来。

"怎么又回到广场了!"

出租车司机深吸一口气。

"你不是说去老车站吗?老车站在广场旁。"

路边有人朝汽车晃手。那几个年轻人刚从林子后面走出来,其中的一个还在拍衣服上沾来的灰尘。他透过挡风玻璃看清他们时,出租车车速已经减下来,门被他们中的一个人拉开。司机来不及开走,低声骂道:

"真倒霉!"

几个年轻人探进头时,也发现他。

"我操!"另一个人说。

其中一个说:"还真有缘分。"

一上车,他们把这个人推到一边,然后对司机说:

"开你的车!有多远开多远。"

出租车司机一脚油门。

这时他想到的是,虽说不是什么好事,可总算离自己刚来的地方越来越近了。他对那里的一切都很熟悉。

"怎样?"一个人用手拍着他的脸,"老实一点,对大家都有好处。"

他很快看到那几个年轻人,在一个大包里拿出他那个黑色的手包,然后正慢慢拉开拉链。他们中的一个,忽然收住笑容。

"你他妈来这里干什么?"

一把刀就拿在那人手上,他又想伸手去抢。另一个人扑过来,把他按倒在座位上,从同伙手里抢过刀,用冰冷的刀锋紧贴在他脸上:"我们不管你是干什么的?你是谁都不要紧。你死定了,你知道吗?"

远处的天有些灰暗,出租车穿过一片荒野,司机哆里哆嗦地说:

"再往前走,可就没有路了!"

透过几张凶狠的脸的空隙,在玻璃窗外看到一片苇草。偶尔闪过的,还有一条明亮的河。从声音判断,河水已经上涨不少。

"那就去河边。"

本来，可以沿柳河河渠继续走下去，但他被内心蛊惑，还是选择上岸。那个人似乎就在岸上的某个地方，河岸上根本没有路，他一边走，一边练习挥刀，一直没有机会用刀，刚才听到出租车司机说"前面没有路"时，他心里一阵惊喜。

风声擦过刀刃，咝咝声音响彻了这片荒野。车向着荒野边缘驶去，出租车司机还没有把车停稳，一场打斗已经在车内开始了。

等他清醒过来，车已在桥边的芦苇丛前，斜停下来。天也快黑了，司机喘着气，爬到车外之后，没有了声音，车里都是血腥味。出租车司机从车门外站了一会儿，又叮叮当当，走向河水，他在越来越暗的阳光下，偷瞄了好一会儿，一阵疼痛袭来，到他再次清醒过来，那种疼痛似乎也随着那几个歹徒和那把刀不见了。他吃力地爬出车，躲在地上，这时司机从河边正提着铁桶走回来，抬眼看了他一下，完全没有惊讶。后来，两人还坐在出租车边上说起了话。他斜着头，看小水桶里的水都是红色的。

"哥们，别怪我，你不该来这里，如果不听他们的，他们会杀了我。"他没有说话。对方继续说："你他妈盯着我干吗？你还想怎样？你一来，什么都毁了。我真倒霉，跑到这边好不容易才成了一个出租车司机。"

他挪动一下受伤的腿，出租车司机看了一眼铁桶里还剩下的水。刚才他擦了半天车玻璃内侧。

"小城说大不大,说小不小。他们大概还有同伙,进监狱,还会出来,这里可没人认识你。"

出租车司机越说越丧气,最后把骂人的力气都省下来,拽住他的胳膊,拖着他僵硬的身体,就往河边去。

"我他妈的只能认倒霉了,反正没人认识你!"

"你慢点儿,又没人,着什么急?你蹭到我腿了。"

被拖到河边时,他让司机看他另一条好腿蹭破没有。他觉得那里火烧火燎地疼。

"那你帮我擦洗擦洗吧,我也活不成了!"

他看一下自己的衣服和裤子。

"你看车上都是你的血!擦了半天,桶里的水都变红了。妈的。"

他把眼睛眯起来,做出一个夹烟动作。

"唉,让我死得舒服一点吧。"

出租车司机摸了半天,在衣服里摸出几根皱巴巴的断烟,选了一根没断的烟点燃,塞到他的嘴里。顷刻间,他脸上荡漾起得那种表情,让司机有点害怕。

"你到底是什么人?妈的来这干什么?"

他心情好了很多。他说,我本来是来找一个人,一个穿风衣的男人!找着找着,我也不知道为什么成了这样……他说完,司机看了他一眼。

"你不就是一个穿风衣的男人吗?"

"找着找着……警察也在追我,所有人都在找我……那个人不见。"

他沉浸在自己的话中,好像没有听到司机说话。司机干脆打断他:

"反正,你也不是什么好人。"

"我为什么就不能是这个人,这么久了没有一个人找我,却有那么多人找他。"

"妈的,你醒一醒吧!你知道你说什么了吗?"

"给我擦擦脸!你是个好人。"

出租车司机站在他身边叹了一口气,开始给他擦脸,后来蹲在岸边,探身拿水桶去舀河水。提水桶起身时,飞来一拳,把他重重打倒在地,水桶里的水顷刻间洒了一地。

接下来的事在极短的时间内完成——

躺在地上的出租车司机被套上了他身上那件灰风衣,穿上那条裤腿上都是干掉的河泥的裤子,还有沾满灰尘的泥皮鞋。他使出很大力气,把这个人从河边又拖回出租车边。

当自己换好了司机的衣服,以这个出租车司机的面貌出现时,他在原地蹲着、站着,左侧、右侧,好好观察了一遍。之后才一刀下去,刀锋瞬间蹭进指关节的骨缝,角度正好,刀把一拧,骨头发出"咔"一声。除了风声,没有任何声音,他给手上流血的司机选了一个舒服的姿势,靠在车门上以后,把刀装进了黑色手包,然后把包塞在出租车司机的腋下。眼前这个穿风衣的男人——已经不是他——手上的血很快就会被风干。

已经没有恐惧了,甚至还有点心满意足。在一个陌生的地方,以一道残阳、一条河、一座石桥、一个信念为背景,简单而优美地,切断了某个人的中指——很多时候,并没有选择,随便什么人都可以。只需要那个穿风衣的男人马上出现,人们就会忘记他。

第八站：出租车司机
（80.6公里处）

车绕了一圈，出租车司机抹了抹头上的汗，又看了一遍手机，才找到地方。车一停好，一个女人就那匆匆坐了上去。在外打拼多年，自己很少搬来搬去，她觉得，只是一个过夜的地方而已，去哪都差不多！不知为何，今天她和出租车司机无意中说起这些私事。出租车司机说，是啊。生活就是这样。你老家是哪里的？她说，在春山。他不知所谓地点头。出租车行驶在上午九点三十五分的公路上，这会儿不太堵。出租车司机又说，小姐一看就是白领，气质真好，平时这个点都堵车。女人有点羞涩，微笑着。远处的高楼大厦外挂着黄色的广告招贴，越来越大，越来越大，最后被一座立交桥上绿色的广告牌遮住。她脸蒙上一层橘黄色，忽然有点晃神。她的手摸着脸，出租车司机透过后视镜，见她的手快速整理几下头帘儿。

今天,二十五分钟的路程只用了十八分钟。女人有点高兴,就让他到写字楼下那个星巴克停车。出租车向左进入女人即将抵达的写字楼群。女人把放在身边的文件抱在胸前,电脑包背到肩上。期间,出租车司机回头几次。

"有个事想麻烦您,"他有些拘谨,"付款时,你给点个五星好评吧?"

女人一裹风衣,笑着说:

"没问题啊,谢谢师傅。"

"有的人就没您这么好说话,横竖挑毛病,城里人和我们不一样,我上回……"

"我们都是小地方来的,没问题。"

出租车停稳后,一身深咖啡色的风衣,很快在深秋的阳光下不见了。

当然,她端着一杯咖啡上电梯时,胸前的文件和肩上的包就显得有些累赘。再看一起乘电梯的男男女女,大家差不多。这就是大家相似的早晨。

女人所在的是一间电影宣发公司。走入公司,很多人根本没空看电影,看似有关的事情却越做越疏远。人脉、平台、媒体是竞争力。热爱电影不是竞争力。有时,她觉得累。公司刚开始做,很多资源是她从上一个公司积累来的。面试官第一次见她就说,我认识你领导,他跟我夸你。大家都认识。

新公司坐班的没几个,都在外面跑。上午更没人。老板这么早来,肯定要加班。公司正谈一部文艺片的全案宣发,一个作家转导演的第一部电影。这样的电影难卖。也不仅是这个老板不太喜欢现在就下结论,客观事实是周星驰的电影好卖!不好卖才需要没完没了开会。一想到开会、加班,她就不舒服,中午才想起早上的咖啡,还剩半杯。肚子"咕咕"叫。微信群里很多人在撒自己发的片子,先发一个红包,然后求转发。看上去很团结。稍有对片子的质疑,公司的人就集体站出来怼。宣发期像女人的经期,人人自危吧。

"片方爸爸"迟到,会议时间延迟。工作群里一点声响都没有,只有每个人发一个表情,表示在等待。女人学着他们发出一个表情。到新单位工作的第一天,新老板说,我们目前还只是小工作室,但我不愿养些只热爱电影的小孩,你这种最好。热爱是这一行特别在意的事情,一部电影遇上一个热爱这个电影的宣发,至少大家都一心扑上去。效果,看命数。如何判断是不是热爱?就是聊。

女人知道,下午片方来人就是想看看彼此愿不愿意等待。女人、老板和秘书,三人坐在会议室,吃完外卖,期间老板的微信一直响。

六点钟,秘书跟老板请假说晚上和男朋友……秘书小姐长得可爱,老板又是男人,她撒一下娇,老板就不好意思不放人。女人看见老板的微信显示的是一个女人头像,连续好几次蹦出来。秘书走后,会议室的灯光亮起,有点紫色的光线从电脑显示屏上留下斑斑点点的痕迹。

剩下的事,是微信连线几个出差的同事,看地方院线跑得如何。转眼又点外卖,吃完已经是晚上八点半,从下午四点等到八点半。

老板电话忽然响起。打完电话,女人和他去电梯口接一下。电梯门打开,一行四人,走在最前面的是一个圆脸男人,他见老板第一句话是:"看来你们是真喜欢我们的电影。"

一百零六分钟的时间消耗在黑暗中看样片。电影讲的是大学时代的同学,在毕业七年后再次相见的故事。导演拍得有点"罗马尼亚新浪潮"的感觉……这些都是女人应该在灯亮起来的一刻总结给在座观众的。在电影发展到后半段时,女人似乎忘记这是工作,默默地,流下眼泪。

灯亮起来的一刻,大家看着她顾不上说话,只是在擦眼泪。

"姑娘新入行的?"

"这是某某片的宣传总监,之前接的都是全案……当然,她可能是真喜欢电影。"

女人擦完眼泪,接着老板的话题,继续说道:

"对不起,刚才。我们工作室的人挺新的,好的电影行业生态不就应该有很多卫星公司存在吗?大公司有大公司的坏处,小工作室有小工作室的长处,我们会把对一部电影的热爱放在前面，然后尽可能把热爱传播下去。这个行业没有专业不专业，很多都是媒体记者出身，但是你注意，当平台不是原来的平台，人脉还是不是你的人脉，则另当别论。我也不专业，做过几个片子还行，以前就是因为爱电影才做这行。这电影交给我们，我们会用心。很少看见真正关心这一代人的电影，大家都比特效、比明星，这个电影单纯感人。"

桌对面的片方几个人都有点尴尬。

"我们开会研究，肯定有毛病，但瑕不掩瑜，这是个好电影。"

"等你们的方案喽。"

一百三十分钟的会面，包括电影的一百零六分钟，一行人在二十四分钟内离去。

时间接近凌晨，原来单位也整天加班，男朋友老觉得不对劲，其实她每天回家真的连说句话的力气都没有，她也反感男朋友总以她跟影评人沟通时的语气羞辱自己，所以最后分了手。

老板在一边走，一边回微信。看样子，老板妻子一样不耐烦，女人不耐烦往往反映在男人的表情上。这一点，她想起前男友的表情。

本来，新工作室工作不会太多，她需要在这一段换换状态。她是那种人——不太承认分手多多少少有些影响心情，她的理由是累，累包括这几年来与人的相处吧。老板眼睛离开手机荧幕的瞬间,若有所思,然后在办公室跟女人说,继续,别管她。深秋的天气还是挺冷的。老板回到会议室,坐下来,拉拉衣领,感觉有点不对劲,哪儿不对劲又说不上来。女人坐在靠窗的位置。那就从这儿说,他一个手指敲着桌子说着。

女人说,我们很少见到,关于"封闭空间"的国产电影。一男一女,同处一室,又是恋人,彼此深爱,这就是很好的宣传点。还有一段女人幻想给男人刮胡子时把他杀死的画面。

女人的妆容经过一天工作,褪去光鲜,呈现出最朴素的样子。头发不知何时扎成马尾,尤其女人端着一个杯子喝咖啡,马尾斜搭在左肩,从右边看过去,她的耳朵也是粉色的。老板知道尴尬就是这么来的。

"对,这段是什么意思呢?"

"一种爱情的说法?感觉那段特别迷幻,浴室的光线也是超现实的,说不上来,就觉得那也是爱。"

"这真是奇怪的爱,还有为什么哭啊刚才?"

"如果不在乎表演生涩,都挺好的,大部分规规矩矩,感情上拍得很足,迷幻的部分又有深意。"

女人跟老板玩笑说,没想到您这次没走眼。老板的笑声,跟电影里的男人一样,装腔作势,因为给不到女人好生活而选择逃跑的男人,女人追问,男人真这样想事情吗?

"女人也不都是演的这样子,有的女人,你一转身就跟别人走。"

"跑得了和尚跑不了庙，男人也会跑啊。"

两人为拿下这个案子，不断聊电影里的对白，那一句可以拿出来，做病毒视频，现在很多人都说同学会是分手会、约炮会。老板点头，女人写入方案。激情澎湃却什么也没有发生的一夜。对了，一个房间里的电影还有什么？

网上查到伯格曼拍过一部电视剧就叫《婚姻生活》，后来拍成电影版，就是在房间里对话。还有什么对话特别多的？

"这种小清新话痨片是豆瓣影迷的最爱。豆瓣打分都八分以上。"

"男人和女人那么不一样？"

他们分坐在会议桌的两侧。后来，女人去倒咖啡，男人坐到她一侧。男人在黎明破晓前，去过一次厕所，回来时坐在她右边。还是右边。不知不觉已经是早晨六点，早晨六点的光线发红，淡淡的，在女人胳膊上、脸上、头发上，随着时间的推移越来越深。

好了，终于弄好了。女人就是带着红色的光线，豁地站起来。老板在女人起身的一刻扶住她。女人觉得哪不对劲，赶紧说没事，然后走到自己办公桌前，穿上那件深咖啡色的风衣，抱起一包没整理完的文件，背上电脑包。会议室的灯光和凌晨的光，透过会议室门上的窗口照射出来，它们融合一起时，没那么冰冷，没那么刺眼。女人走到公司门口，另一个女人吓了她一跳。另一个女人就站在门口，公司的玻璃门一打开，就能看见她生气的脸，也许脸上还有什么别的表情？不知女人站在那儿多久。

这个女人只能是老板妻子，虽然两个女人一句话没说，一切照常进行。女人没敢去看，走过去，等电梯时也没有抬头，几乎是一副鬼鬼祟祟的样子，按道理说是不应该的。

从电梯里出来，穿过大厅，女人站在写字楼的台阶上发了一会儿呆。加班一夜，时间一直向前。走下台阶，她从深咖啡色风衣口袋里摸出手机，确认时间地点。坐上出租车，她才感觉到电脑包很轻。电脑落在了会议室。不过，也来不及回去取。

出租车开动，日头渐渐落下。等一丝凉风铺在脸上，女人腾出一只手，按起侧窗玻璃。"师傅，你知道这个地方吗？"她问道。出租车司机身子向后，看她递过来的手机，说：

"没去过。不过，你放心，我对这边很熟。姑娘来几年？"

"没多久。"

"在这边生活就这样子。"

女人把屁股放回原处，座椅微微震动让她觉得有点酥麻，她松一口气，说，是啊。与车窗外渐渐亮起的橘黄色灯火平行的，是那张疲倦的脸。她有气无力地说，在春山路那边，您开吧，我去过一次，大概记得。现在，还不到下班高峰期，这辆出租车从主路拐进一条条小巷子。每次拐弯，这个女人惊讶地看着周围景物变化，从高楼大厦变成破落的门庭，再变到繁华的立交桥。

"司机师傅，您真厉害。"

天桥下堆满的车。

"坐我的车没什么好处，就是不会迟到。"

出租车司机骄傲地按响喇叭。一辆本来与她的脸只隔一面玻璃，与他们并列的汽车被甩到后方。

"我也这么觉得。"

之后，她低下头，眼里映出手机发出的紫光。

出租车驶上一条车辆不多的支路。又下雨啦？窗外的天，彻底黑下来。她说，刚才就有点毛毛雨呢，这会儿有点大。

和城市里很多出租车司机差不多,他投射在后视镜里的额头,油光光的,鬓角像腮边的胡茬,似乎很久没修剪过。

"司机师傅,在这边开出租车辛苦吧。"

她暂时把目光离开手机,抬起头。

"也还好,就家里事一堆。小姐别看我现在这副样子,"他不好意思地摸一摸下颌,"年轻在部队,我还是很精神的。"

"您也当兵的啊。"

出租车司机问她什么人是军人,她说她爹在龙岩当过兵。

"我们这些人啊,经历都差不多,我猜他也是转业到地方上,娶老婆,生孩子,人生哪还有变化?"

"干吗都到这里来。你看看这里的人,就觉得堵心。师傅,开一下空调吧,有点冷。"

他低一下头,她很快听到"嗡嗡"的机械声。

在"嗡嗡"的声音中,她还听到几个令她吃惊的字。

"小姐,你知道跳蛋吗?"

她瞪大眼睛,怀疑自己听到的字句。

"不是那个,不是那个。"

炮兵部队日常训练有一种跳弹射击,弹丸落地后弹起到空中爆炸。砰——她显然是又被这个从口腔冲出的声音吓到。出租车里有点安静。车在一堆车后排了一会儿队之后,钻进一个胡同。胡同里七个老路灯,亮着的只有三个。四个黑暗的空当儿把胡同的面目变得不太一样。黑光与黄光互相渗透。

也许，这时该放点音乐？车里有点太安静。

出租车司机脸上是那种不好意思的表情。

"司机师傅，前边是东四吧。"

"哦，我忽然想到我那个老婆，也是刚从老家接过来……"

"您每天很晚才回家吧。"

"太晚就不回去，找个女人消遣一下。回家也是给女人洗脚、擦身，她需要我多过我需要她。她老对我疑神疑鬼的，后来……唉，赶上车祸，瘫痪。"

"哎呀，对不起。"

这是一个失意的男人。有时，同情之心是控制不住的。现在，窗外汽车奔驰，他们都有那么一点失控。

"现在，我早想开了。你知道的，是人都有需要……需要没有错啊。"

景物在雨中变形，越来越无法找出与现实中对应的景物。感觉事情有点不对劲，女人想，最好赶紧下车。而车里有点安静，虽然雨还下着，也许正是因为雨越来越大。

"师傅，从桥上下去，我就下车。"

"为什么不自己开车？"

他的问题有些摸不着头脑，接着说："现在的女人啊，没时间收拾家务，没时间照顾丈夫，没时间这个没时间那个，连做爱都没时间，我他妈哪天找个小婊子也催我。你知道吗，我要供儿子上大学，大学毕业我还要花钱给他找工作。"

立交桥上行驶的出租车，忽然左右晃起来，身后传来几声尖锐的喇叭声。车里还是安静的。看样子，还要一会儿才开下桥。她想聊点别的，分散一下注意力，就说：

"我一个男同事去年报驾校，他当时还和一个女孩恋爱，说要天天接送她……"

"有意思。"

"师傅，把空调关了吧。"女人把车窗开出一条缝。

"你爹现在怎样？"出租车司机问这些，她心里没刚才那么紧张了。

"在老家每天瞎逛，我们那个地方小，出租车少，他却在过马路时被出租车撞了，去年住一个月医院。"

"回去看他吗？我儿子以后是不是也会像小姐你这么忙？小姐你肯定是个做好工作的，气质在那儿摆着呢。"过一会儿，他又说，"比我这么开出租有出息就行，我说我那儿子……"

后视镜里的出租车司机点头。

"他接送女朋友上下班吗？"

女人假装低头看手机，手指则在荧幕上随意按几下，还对着里面说：

"马上就到，在车上遇见个有趣的司机大叔。"

手机下午出门时就停机，几次上网缴费没有成功。

"你那个男同事！"

听出租车司机抓住不放，女人淡笑一声："他到现在还没有拿到驾照呢。"

"会拿到的。"

"现在,早分手了。"

"哈哈。那新女朋友真的好命啊。"

出租车在雨中靠近那个地铁站,在离地铁站附近的小路上兜了好几圈。第三次经过路边同一个长满枯花的花坛时,她才意识到。

"我在外面有个女人,我老婆没福气,当年在你老家附近服役,一个月才见一次,我有时候还不行。"

出租车司机不经意笑出声。

"你们女人真的不需要?我觉得都一样。我老婆躺在床上,那天我买了一个跳蛋,早晨出车时放在床头,晚上回去,它就不见了。"

"司机师傅,靠边停车吧。"

他的话突突突地脱口而出,他的头还故意转向车窗外。空中的雨幕与街边红色的广告牌灯光,交织起来的光,又投射到车玻璃上。

"我想给你送得近一点,雨太大啦。"

他一边说着,一边继续踩油门。

"师傅,我在这里下,就可以。"

这趟惊心之旅结束的时候,出租车司机不跟她要车钱,执意说,算了,算了。那时,从他扭身过来的侧脸上,露出的也是同一种不好意思的表情。他们都很不好意思地等到了结束。

从春山路地铁 C 出口跑进去的这个女人，与从 A 出口走出来的那个女人，几乎在同一时间。那个女人拿着行李，刚下火车没多久，身穿碎花上衣、条绒裤，脖子后面，挂着一顶帽子。她站在地铁口的台阶上，四处搜寻。也许她要找的那个人正开着一辆出租车，从地铁口匆匆离开了，也说不定。反正，出租车司机表情和说话口吻，也都差不多。他们经常会这么问你："去哪里？"而不是"怎么又是你？"如果一个出租车司机这么问你，你是不是也会说：

"我记住了你的车牌，我等了你一个下午。"

下面就是这样一个几乎快把出租车司机搞疯掉的故事。故事从这个离婚女人缠上他开始。到底是不是像她自己说的那样呢?我们无从得知。在春山为数不多的出租车司机里,他没什么俊长相,说话也无趣,甚至连狐臭都和其他司机差不多。只有这个爱穿碎花上衣的女人,不这么认为,你和他们不一样。

"你好像有很多时间啊。"他显得有些无奈地说,"就不能干点别的事?"

"对了,你叫什么?"

女人已经上了车,又不能赶她下车。他看了一眼后座上的女人:"我姓李。"

"李师傅,你就不能去干点别的事?"

手指窗外,一队送葬车疾驰而过。

"我也很忙的。"

看他露出不信的表情,她接着说:"不要都以为我是'猪婆癫',在这个小盒子里你就不能陪我说说话?何况你是出租车司机,我在哪里打车都花钱,你又不损失什么。"

出租车司机觉得她说得也没什么错。

"干什么?"女人收回身子,松开手指,"放点音乐啊,真奇怪,你整天在这个小盒子里不闷?"

出租车里传出时下流行的节奏——"给我一片白云,一朵洁白的想象,给我一阵清风,吹开百花香……"

此后足足有一个半月零一周,这辆黄色出租车,疾风一样,载着一个每天更换不同颜色碎花上衣的女人,从博士大道向东行驶,然后在中央广场东边的街,向北疾驰而去。话说回来,N市热恋的小情侣,也无非如此——关键是在春山,对于他们这个年纪的人来说,这一点意思也没有。

"你到底想干什么?我求求你了。"

"我说过,我丈夫死了。"

"又不是我弄死的。"

"是我杀死的。"

出租车司机听后依旧平静,这像个玩笑,情侣之间信不得的玩笑。这都有点奇怪。一座山脚下的小城,就因为这句话和动荡不安的命运有联系。女人问他害不害怕。女人这次有点不想玩笑,又说:

"我也想杀你。你更想杀的是你婆娘吧?"

"啊?她对我好着嘞。好人都该死。你丈夫也不坏。"

出租车停在河边一家鸭头店门口。这家鸭头很有名。现在,还不是热闹的时间点——晚上十点以后,这里的车经常会聚集起来,人特别多。

"不陪我吃点?"

"我没法和你比,还要开到很晚呢。"

女人下车前,没忘记给打车钱。出租车司机有时为了让自己觉得不那么折磨,也在脸上挤出一丝笑容,他在心里跟自己说：

"这不是挣到钱了吗？"

女人站在马路边，看了一会儿。店里的老板认识她，不劳说话，十个鸭头就上来。老板往桌前放铁盆子时，特意压低声音说：

"加辣。"

她喜欢一边吃特辣鸭头，一边喝啤酒。河对面的山的影子在水里晃动。加上路灯的光，水里的颜色有点乱。

十二点过八分，路上尽是横七竖八的私家车，出租车挤不进去。奇怪的是，这里没什么汽车发出挑逗般的喇叭声，这里的人习惯这种局面。

凌晨一点十三分，车队还没有彻底散去。当出租车司机扛着喝得烂醉的女人，从车缝里钻出来时，谁又会注意到呢？虽然，他不断把女人在夜风中掀起的衣角下露出的煞白的肉遮掩一下。

"终于来啦。"

出租车司机把她放进后座，鸭头店老板的话还在回响。女人下车之后，他在附近打转。这也许是个误会？

第二天，出租车司机先把车交给一个朋友开，自己躲出去避一避。这个人之前也是开出租车的，因为撞了个老头，心里发怵，很久没有再开车。他们又是朋友，他能赚点钱，就没有拒绝，说好替开几天。

"这么早要去哪里?"

出租车司机没弄清发生什么,接手开车的第一天在三清广场边的报亭处被拦下来。

"大姐去哪儿?"

他没有注意到这个女人没坐上车,只是把头伸进来。这时,他也回头去看女人。他们对视了一会儿。出租车载上她行驶在原来行驶过无数次的公路上。

"大姐,我就知道这些了……"出租车司机解释,"要不我也不想这么快再开出租车……"

她走进大厅,在车站厕所的手池洗一把脸,又从售票大厅出来。正有一列火车进站,人一下子,聚拢过来。她撞上一个年轻人。年轻人背着个背包,反应很快,赶紧说:

"对不起,对不起。"

她走到门口的台阶上四处搜寻。

"您好,我去海边,这边有车吗?"

她想了想:"我也不知道,我不去海边。我去……"没说出去哪里,他们就被刚下车的人群又冲散了。

那辆熟悉的出租车停在广场不远处。她走下台阶,朝广场的方向一晃手,孙万才看见她。

车站乱得不能再乱。那辆熟悉的出租车绕过乱七八糟的车群,来到台阶下,他扭方向盘的神情发生明显变化——甚至,在她走下台阶,从包里摸手机时,他旁若无人地按了三下喇叭。

女人坐上出租车。

"拉我到附近找个吃饭的地方。"

他们在车站附近的小饭店吃一餐饭。吃饭时孙万才说，不知道这车还能开多久。

"他没跟你说吗？"

"就是没说才……"

女人在日落黄昏前，坐上了一列离开春山的火车。据说，女人还跑到山区的某个村里去，打听到出租车司机的老家，然后在他家门口赶也赶不走，徘徊一夜，什么话也不说。甚至被骂最难听的话时，她仍不说一句话。他老婆骂到后面，觉得自己没劲，才想起从头到尾也不知道到底发生过什么。这个女人没在春山找到那个出租车司机，却平白被大骂，很多人也说不清楚原因。看上去，几个人的关系挺复杂。听人说，出租车司机也没有再回春山，而是坐上了一列去往 N 市的火车。

第九站: 在萨洒的几小时
（73公里处）

轰隆，轰隆，火车从窗外飞驰而去。我坐在报社六层的办公室里看着他。是他叫我来说个事。我到了，他又站在窗前，看什么火车。过了一会儿，他还问我，你说这列火车的下一站是哪啊？我不知道如何回答。不是所有问题都是有答案的。到了这个时代，一切皆有可能。你能想象，隔着一块屏幕，人可以摆脱时空约束，今天存在，明天消失吗？

我们的主人公变成了一个中年人，报纸负责养生版的编辑，如果按部就班地生活下去的话，应该也没多大意思！所以，他在单位无聊时就上网。他喜欢研究医学养生，不全因为他负责养生版面，自从进报社上班后，他就有这爱好。近几年，他不再泡资料室，而是在每月发稿前上网搜索，口头禅也变成了"搜索一下"。同事问他什么，他都让你搜索一下！当然，网上搜不到他去萨洒究竟干了什么。

"网上是另一个世界。到那里，你就成了另一个人。"在他断断续续的表述中，还说到那年在澈河边……四十三岁时，他拥有生平的第一个秘密。本来，有家有业，生活平淡，只有批评别人不靠谱的资格，可他非说，谁的一生中没办过几件突发奇想的事呢？他就突发奇想取了一个网名叫"银色的羊"。网络时代潜伏着一批善于通过几句聊天、几个表情符号，就能判断一个人性格、年龄、职业的高手。"这些人多有意思！"他说，"没事可以在网上聊聊生活和家庭，只是没想到会……"

"有一天,我们从网上走到了现实中,现实里的事情也挺有意思,越想越觉得,距离还是个好东西,如果太近了,就会看不清,新兴的萨洒小城离我们这并不远。去走一走也没什么。谁知道刚下船,在宾馆就遇上了尴尬的事情。那个小服务员非要看身份证。小姑娘看着我,强调了好几遍,身份证,你这人怎么回事,不明白?我有点生气,丢下一句:'现在网上这种事多着呢!'"

一阵沉默。我坐在他对面,又不想打破这种沉默。对他来说,没有生活中的那些沉默,就没有后来的一切。可能他并不承认这一点,可能他很快就会说到这些。谁知道呢。我今天被他叫来就是听他说。

"我们是在一个医学论坛认识的。原来以为挺枯燥的,直到看见置顶的一个火爆的帖子叫《横扫一切侮辱中医的牛鬼蛇神》。"

作者:医学院的卫兵　发表日期:2010-07-06　21:32:00

本ID对中医的解论坛上找不到第二人。为什么?只因本ID站在一个巨人的肩膀上。当今中国,诬蔑歪曲中医的人不少,宣称中医是伪科学,号称要取缔中医的无知之徒也不少。本人将纵横天地,驰骋古今;深入浅出,老少咸宜;奇谈妙论,神鬼皆惊。2009年

2月,国家卫生部公布调查报告,2008年中国人慢性病患病率为20%,也就是中国的慢性病人数达到2.6亿!过去十年,平均每年新增近1000万例!而这个还只不过是有医生明确诊断的病例!如果加上大量没有确诊的病例和亚健康的人群,数量将达到多少?中国人仍然是东亚病夫!为什么?为什么经济不断发展,医疗技术不断发展,医院不断繁荣昌盛,药物不断推陈出新,补品不断掀起高潮;可是中国人的健康状况反而不断下降?为什么一个个名人死于癌症,死于脑溢血,死于心脏病?为什么一个个百姓恶疾频生,因病致穷,人财两空?为什么乙肝是不治之症?为什么高血压是不治之症?为什么糖尿病是不治之症?为什么这些疾病,只能控制,不能治愈?为什么癌症是不治之症?为什么一个个病人手术、放疗、化疗、射频、冷冻、伽马刀,依然走上了不归路?

作者:破故纸 发表日期:2010-07-06 21:35:00

继续吹……

作者:医学院的兵 发表日期:2010-07-06 21:40:00

《黄帝内经·素问》第一篇《上古天真论》——"余闻上古之人,春秋皆度百岁,而动作不衰;今时之人,年半百而动作皆衰者,时世异耶?人将失之耶?"岐伯对曰:"上古之人,其知道者,法于阴阳,和于术数,食饮有节,起居有常,不妄作劳,故能形与神俱,而尽终其天年,度百岁乃去。""今时之人不然也,以酒为浆,以妄为常,醉以入房,以欲竭其精,以耗散其真,不知持满,不时御神,务快其心,逆于生乐,起居无节,故半百而衰也。"黄帝问道:"我听说古时候的人,都能活一百多岁而动作不衰;现在的人,活到五十岁就衰老。是世道变呢,还是人不行?"现在的人"以酒为浆,以妄为常,逆于生乐,起居无节",所以活到五十岁就算老了。

作者:来自外国的诃黎勒　回复日期:2010－07－06 21:42:00

前排坐。欢迎楼主。

作者:山慈菇　回复日期:2010－07－06　21:42:15

这个帖子要mark一下,方便以后学习。很多同道人啊。

作者:小小旋复花　回复日期:2010－07－06 42:21:36

很多黑中医啊……楼主注意!

作者:性病治疗中心主任　回复时间:2010－07－06 21:43:01

我们服务优良。为患者保密,纯中医疗法,皇家秘方。

欢迎洽谈。

作者：银色的羊　回复日期：2010－07－06　21：43：04

几千年前的事情楼主都知道，的确很强大！

作者：孩儿茶　回复日期：2010－07－06　21：44：09

想请问楼主，性与生命的关系。

作者：性感石蜜　回复日期：2010－07－06　21：45：03

强调养生之道，健康长寿。本品主要由淫羊藿、冬虫夏草、灵芝、连翘、龟甲等名贵中草药研制而成。藏药奇迹。

作者：孩儿茶　回复日期：2010－07－06　21：45：09

哈哈，淫羊大叔？

好像九楼的楼主啊。

……

中医名声不好是有原因的。真正的中医强调养生食疗慎用药，很少开药，赚不到什么钱。这样的中医连医院都不愿意要他们。为什么？不开一大堆贵重的药物，赚不到钱啊！一切向钱看、医院成为营利机构的后果，是中医不再辨证施治，而是辨钱施治！

作者：信石小半块　回复日期：2010－07－06　21：45：13

严重同意，淫羊大叔哈哈。

*作者：医学院的卫兵　发表日期：*2010－07－06　21：46：00

孩儿茶童鞋专业啊。继续——我觉得目前流行的中医都是民间学派卖药的医生。真正的中医历来强调"上工治未病，下工治已病"和养生食疗慎用药的三分治七分养。中医的精华在秘方。所谓秘方就是经过几百年的临床考验（拿人试验），证实无毒无害而有特效的方剂；西方的所说"商业机密""工业机密"都是属于这个范畴。可口可乐这种垃圾饮料，都有一个严加保护的"秘方"。

*作者：激情装 vs 活力装　回复日期：*2010－07－06　21：46：23

请问楼主有治疗性无能的秘方吗？

*作者：医学院的卫兵　回复日期：*2010－07－06　21：46：44

可以找淫羊大叔问哈。虽然许多教科书、参考书、科普读物都记述大量的医学处方，而且有些人把这些书本处方视为宝贝，甚至把它们配制成市场流通的成药；任何一个古代医生都不会随便公开自己的秘方；甚至宁肯掉脑袋，也不会献出秘方。

自从孩儿茶说我是'淫羊'。网友们就纷纷跑来跟我问好，搞得我不得不单开聊天窗口告诉她（网上跟我们这个年纪的男人叫大叔,女人叫大婶),我说,大婶,你真行。我是银色的银。还说,大叔大婶的故事一听就没劲。她则发来一个'^_ ~',暗示获得效果。(我没意识到银色的羊和淫羊藿有什么关系。我以为'银色的羊'真的随便取得一个网名。)

淫羊藿是什么?

待会告诉你。我跟你嫂子的夫妻生活……有这个原因。那段时间很多事起了变化。比如报社提干,还有同事老潘婚外恋的事也是那时候爆出来,以前觉得他吃饱撑的,取笑他凑合着过就行了!追求什么幸福生活?老潘说,你不懂!就是那天下午,我一个人在办公室的电脑上申请了'银色的羊'这个号。一个医学论坛潜水,结识了孩儿茶,我说起了老潘的事。对方回的话也是,你不懂!我什么不懂?

孩儿茶 01:02:06

原来,你的名字是一味中药名啊。

淫羊 01:02:09

这个我当然知道……你是医生?

孩儿茶 01:02:13

男人的身体都是豆腐渣。

淫羊 01:02:16

什么意思?

孩儿茶 01：03：15

我有一个发现……你不像一个网虫。

淫羊 02：04：08

为什么呢？

孩儿茶 02：04：16

给你讲一个故事？春天，马蜂大婶给蜜蜂萝莉介绍对象。蜜蜂忙采蜜，说不见了。马蜂大婶说你们真的合适，都是勤奋型儿。终于，蜜蜂萝莉动了心。他们约在一棵树上。蜘蛛型男相中蜜蜂萝莉，潇洒地从网上滑下来。蜜蜂萝莉却看都没看，张开翅膀飞走了……

第二天凌晨。不等我说话，她就来解释蜜蜂萝莉为什么飞走。她打来一行字：总挂在网上的没好人！我一时没有反应过来。蜜蜂萝莉嫌蜘蛛型的男人成天挂在网上！不知为什么，除聊天时，对着屏幕傻笑，我在现实中几乎忘了这个表情。提干的材料也没有备好。夫人最近没来电话，看来她放弃了。每次她都拿提干的事情威胁要离婚。有一次，孩儿茶上线，我跟她说，我估计也快离婚啦。她说，什么时候离啊？把我问愣了，然后又问我，老潘什么时候结啊？

孩儿茶 13：02：06

你挺像个诗人，我喜欢读诗。

淫羊　13：03：00

那得看喝多少水。

孩儿茶　13：03：45

照你这么说，我们澈河边都是诗人喽。

后来才知道，孩儿茶喜欢朦胧诗的回忆中，伴随一段淡淡的爱情和辗转求学，最后在萨洒定居的故事。当然是聊了小半年才知道的。她总是把自己写的东西发给我，我也开始写一些句子，不能叫诗，给她传去我写的……

孩儿茶　15：00：06

我们的生活其实都是水深火热的。我看到有人写过一段话：在你言我语的网络里，存在于文字里的生活，把彼此变成热锅上的蚂蚁。

淫羊　15：03：02

我老婆总是怀疑我别的，从不怀疑我有别的女人。

孩儿茶　15：03：45

^v^真没有？

有天，孩儿茶在网上突然说起生日。我们同年同月同日生。电视报纸上到处有人在寻找着这种巧合。这也不至于让我这种年纪的人，多想什么。不过……

孩儿茶　12：15：34

真的呀？→_→

淫羊 12：13：08

真的，对了，你不是说外面养小白脸吗？

孩儿茶 12：15：34

他调工作，太远了。再说，我身体不行，不等到他上床，就得趴下，你说面对欲望，散架的感觉浪漫吗？

……

孩儿茶 12：20：40

我可是医生哦……

淫羊 12：21：09

两个散架的人躺在一张床上多无聊啊！

孩儿茶 12：22：00

想哪儿去啦？再说，我都不担心，大男人怕我吃了？

我是坐船去的，那艘小船的甲板上站着不少人，我也走出去，吹吹风，我原来没想到这地方真建成了这样一座有风景的水城。

网上的事和现实中的事不一样。认识不需要多解，几句话对上，就能见个面，说不定还会……难怪去宾馆时服务员说，像我这样人见多了。我气得走到在宾馆外面的路边，给孩儿茶打电话。其实，每年出外我都会从萨洒小城路过。我对它只有模糊的记忆，直到站在澈河码头上的那一天。

孩儿茶 15：03：45

^v^真没有？

淫羊 15：04：00

真没有。

"我按照电话里说的地址，回到码头外的一个咖啡厅。她还在笑话，我在电话里跟她说的事情，宾馆服务员真识趣。然后，我们喝了点东西，拦下了一辆出租车。过了一会儿，出租车驶入一个别墅区。那里的风景比在船上看到的风景还要漂亮。我们走进一幢楼。我笑说，我要住在你家里？她说，为什么不呢？我爱人做好饭等着呢。儿子今天也在家……他们嚷着要见诗人。我忽然停住，看着她。她笑着，推了我一把！随着高跟鞋磕地的声音，我步入一套空房。三室一厅，家具、生活用品一应俱全。这是谁的房？她抿嘴一笑，玩笑说，养小男人的地方！沉默一会儿。她解释，这原是一位款爷包小蜜用的，东窗事发后款爷老婆嫌弃这里脏，连房带家具半卖半送给了她。第二天，我们去了漱河。她在路上问我，真的一次都没来过？她是那种风韵犹存的女人。来码头接我时，穿着一件米色上衣，绛红色方格裙把双腿，衬得十分纤细。有点像不正经的女人。我从宾馆走出来，和几个穿着类似的女子擦肩而过……我在宾馆门口看见一个似曾相识的女人时，有点不在意。看了半天，她笑着走过来。那天,她换了一身黑色嵌暗纹的套装,白衬领佩着淡蓝的蝴蝶结。漱河边有一条绿化带,两旁的柏树、杨树茂密,遮天蔽日。各式各样的亭子点缀其间。碎石铺就的小路,在阳光下亮得刺眼。孩儿茶说她喜欢这里,不知为什么。还说刚上网那会儿,在论坛里叫"唑唑"。说的就是河边的风声。她还说,眼前的山丘,其实是一座垃圾堆,后来改成了公园。她偶然从这里路过,听见了这种风声。为打消她的忧郁,我给她举例——有个男人,外面养个小白脸。有孩子,有体面的工作,多好啊。她说,我的幸福不太一样……"

她指的幸福与两个男人有关。

"第一个男人是她从乡下姥姥家回城遇上的。那年头交通不便,好不容易拦下一辆车。车里有一个年龄相仿的男孩。汽车摇摇晃晃沿着乡间公路行驶。拐过一个斜坡后,出租车司机下车吃饭,她跳下车。男孩跟在她身后。眼前除了弯曲的公路,只剩下一片草地。没走多远,她就后悔了。身边虎头虎脑的男孩,看得她有点怕。后来,汽车载上他们,行驶起来。没想到她靠着男孩睡着了。她醒来时,男孩早下了车,不知去向。"

一段沉默之后,她又开始说:

"那时候的漱河边上还都是垃圾。他们一同上夜校。男人家境不好,学习很好,考上了大学,征求她的意见,她支持他上大学！当时她在服装厂每月工资十几元，每月拿出一多半汇给这个男人。她的身体是那时候每天加班，累出了毛病。男人大学要毕业时，她的身体也垮了。最后是她主动给他写了一封长信，把这一切结束了……"

"有一天，我和姐姐去逛街。当时我年纪也不小了。大家都为我婚事急，我姐开玩笑说，让我在街上随便指个男人，她就能搞定他当我男朋友。后来，我在大街上选中的男人，就是现在的丈夫，一晃十几年了。"

"她是一个即使迅速转换话题，也能很快进入另一个角色的人，比如说着自己的生活，忽然转移到生意的事。我问她做什么生意？她跳上一块石头，扶着我，扳着我的肩头说，商业机密！我说，很享受现在吧？她说，明天有个生意，你要不要来享受一把？前些天在网上逮了一条狼。她假装离婚要买房，你猜对方怎么说？他说房子没问题，见面再说。谁叫他对女人这么感兴趣！她让我在他们看房时，打电话跟她暧昧。她说，那种人特别自信，你一刺激，他绝对入局……那条狼真的上钩了。晚上，我们去了一个宾馆。她搂紧我脖子。看她这么快乐，我没觉得有什么不对劲，也搂着她旋转，直到她喊晕，才停下来。后来，她手按太阳穴，歪倒在沙发上。这一晚，她没有离开。我们只是躺在一张床上聊了一晚。我说了一夜自己的婚姻，她说了一夜自己的生活。最后她从兜里掏出一片安眠药，两根手指捏着药片。而后我看她熟练地把药片放入口中。去萨洒以前，我想过要离婚，那些天我也失眠了，于是接过她递来的药片。药片冲入喉咙，我清晰地感受到药片在身体里移动的轨迹。第二天，窗外巨大的知了声吵醒了我。我本来想告个别，对方却已经关机。床头桌上，放着一张字条和一张银行卡。字条写着：'这次见到你真高兴，密码是今天的日期，回去一定要珍惜眼前人。希望你再来萨洒时不要想起我。'"

"在萨洒的几小时，"他点燃一根烟，咳嗽了两声，继续说到，"改变了我的很多看法，真真假假的，我想把这个故事告诉你。你走的地方多，见的人多，这是不是挺有意思的？回来后，孩儿茶的QQ头像，再也没有亮过。我这边的事情也多起来，因为重新按人均平米数分办公室，四个人一个办公室，也不好意思老上网聊天。开始上去过几次，后来就不怎么上网了，现在密码都忘了，前几天试了几次，都没登上去。"

我听完这个故事，又想起"萨洒"两个字，在方言里指的是澈河（也有人写成"洒河"）附近的地方。如今很多人去那里办各种仪式，图流年吉利，遇水则发。我问他，你后来没有再去萨洒？你们再也没见过？

"去过,那是一年后了。"他说,"老潘选择了自己的新生活,和那个年轻大学生的婚宴,就定在澍河边一家酒楼。那座酒楼地处河边的一处高岗上,视野特别好,我下午到那里时,站在顶层的栏杆边,可以看出很远,很远。"

第十站：山海之间
（0公里处）

这时，会有金褐色的阳光，从更远处的山峦一角弥漫开来。男孩趴在琴房后面，视野无限的那个阳台上，看了好半天，转而想到自己跑去找女孩那天，整个人都有点不对劲。他从琴房走出去，小心翼翼，量好步子一般，走得很慢，也很轻。脚底传来的轻微痛感，让自己察觉到凹凸的石子，那一刻才有了些许真实感。

男孩是音乐学院海滨校区的学生。医科大学护理学院和他们学校紧挨着。这一年，护理学院好多校舍年久失修不能用，正在另一个区建新校区，两所学校暂时共用了不少校园设施。护理学院这一届新生上课的教室，就在音乐学院琴房对面，那条石子路的尽头。他偷偷在教室后门，看到很多穿白衣服的女生趴在一张床前练习打针。老师发现他的时候，

她们班的同学也纷纷往教室后门看,他跑得很快,一口气穿过幽静的柏树林和一道走廊,绕过那片在海风中摆动着的不知名的花,逃到操场上,停下来,弯腰喘气。

他的幸福和不幸都发生在这段时间。

男孩是这届钢琴专业最高分,考试时他弹巴赫。他母亲是个小学音乐教师,从小给他讲了不少巴赫。他喜欢巴赫。学校有好几个琴房,老师特意安排他在最大的那间练琴。琴

房入口，正对护理系的几个教室。后身打开窗，就能望见远处一层金褐色的光，抹在海岸线上。他就在这样的下午弹起《哥德堡变奏曲》，每一小节都与后续的变奏完美呼应，卡侬一般，最后在辉煌又饱满的第十三变奏中，戛然而止。当他心满意足地走出琴房，从操场往食堂走，正值下课，校园里的人多了起来。音乐学院的男生大都是以特长生的身份进来的，大概只为上个大学吧。

他们没见过他这样的人,每天读谱子,去琴房弹琴,也不谈恋爱。不是个书呆子,可能就是个"二姨子"。总之,他有点奇怪。

两个学校的新生入学大会在同一个会议厅召开。男孩也是在大会上就对女孩产生好感的。当时,女孩站在十六排座位之外的讲台上,代表新一届学生发言。柔软的声音从会议大厅前飘入他耳朵时,他的说法是:一股电流击中了自己。随着女孩的语速加快,电流越跑越快,造成了他这辈子第一次难忘的心脏狂跳。但他不认为,那叫"一见钟情"。

他对待感情的态度,不是这样的。其实,入学大会是开学一个月之后的事,大会结束后他的一些举动,反而让宿舍的男同学,觉得他有正常的一面。

那天晚上,他们都等着他第一次出击的结果。结果是他看到了她了。又问,然后呢?

"他们老师来了,差点把我抓住,"他笑呵呵地回忆,"但是……我们之间,只有,这么近。"

这次会面太失败了,甚至没让任何人意识到他的目的。同宿舍的人在入学大会后短短几个月内都开始了约会。可他们宿舍的人谁都知道,他的爱情来得更早更快。大学时代的爱情,来得快去得快,男孩不希望也这样,就像他考上大学前那个暑假去世的母亲跟他说过的,弹巴赫一定要慢。既然目的明确,就应该深入了解,时间到了,花自然会开。于是

Goldberg Variation

Johann Sebastian Bach
(1685-1750)

他想从各个角度，各个生活细节中，认识并逐渐加深对这个女孩的爱。高中时代他就曾暗恋过一个女同学，那种感觉比说出来更好。甚至到音乐学院报到前，他都在内心和那个女同学继续着。

那段感情是到他在新生大会上听到这个女孩的发言，才正式结束的。后来他心里一直想着这个女孩，有缘地有一天又遇见了她。

那是一个周日的图书馆门口。很多同学坐着公车去买零食和衣服了。男孩从琴房出来，本打算去还《哥德堡变奏曲》的谱子。每周日下午三点十七分，女孩都会来图书馆，他掐过时间。每次进来，直奔同一个位置。

那个位置背靠一块巨大玻璃。整个图书馆的光线主要都从那里射进来。她在那里看书做笔记，直到六点零八分离开。女孩每次都喝一种本地产的"山海关"汽水，离开前喝完瓶底剩下的汽水，再拿着空瓶，去小卖部还掉。每逢周末，都远远地，目送她看书、做笔记、喝饮料、还空瓶，从教学楼外一片走廊的西侧穿过，回到女生宿舍楼。宿舍楼梯的灯，层层亮起时他的心都会跟着一点点暖起来，灯逐一熄灭，他才踏踏实实地离开。

此刻宿舍同学大概都去约会了。其实自己不也是约会来了吗？他从不这么说。别人在路上见他，他都说，散步去了。

女孩每天走着去上下课。有次大家组织一起坐大巴车去看演出。他提早在车上靠窗座位坐好，等她上车，再把座位让给她。最终她没有出现在大巴车上。他后来听护理系女生议论，学习那么好考护理学院来干吗？真是个怪人。那天她走去看了演出。她晕车吧？很多人看见她报到是坐大巴车来的。总之，她也有点奇怪。

他忽然想到报到那天，火车晚点，出来只剩最后一班接新生的车。车上差不多全是女生，他站在前门有点尴尬。到学校门口，车门一开，他又被挤下了车。所有人都在天黑前赶紧往学校里走，大巴车向前走出去不远，又停下来。车上跳下来一个穿白衬衣的女孩朝他走来，手上拉着一个行李箱，远远地就看到一只手不时在抹眼……可能他们早就见过了。

女孩的行动规律被他摸透了。就是说他"腿儿着"走遍了小操场、大操场、走廊、林荫道、音乐馆和海边就是为了和女孩有一样的感觉。至于为什么要这样，也很难说清。到了第二年七月，海滩上多出很多对男女。

海边的一幕幕，多少还是影响了他。也是巧了，一天下午，他从海边"腿儿着"回来，在林荫道撞见了一对亲热的情侣。他想赶紧走开，被那件白衬衫吓了一跳。肯定不是，不是。女孩的脸藏在男孩的胸前，看不清样子。那百分之一的概率让他下意识地，蹲下身子，躲在花丛后。最后，男孩警觉地发现有人，追过去就要动手。一看躲在林荫背后的是他。

他也认识这个男孩,是他们同宿舍的。那个惊恐地看着自己的女孩,只是碰巧也穿了一件白衬衣而已。他这份感情持续一年多,爱意有增无减,可他到底做了什么呢?没有人知道。

林荫道两旁都是一些藤蔓。绕过操场的花坛,从小操场西南角的小门走出来。他不知不觉被一个三十二小节的旋律吸引,那个旋律反复弹奏。以前没听过这曲子,他在琴房外的小路上,一直站着。如果不是头顶的路灯,忽然亮了,他可能都没有发现天黑了。

一年多以后,他觉得女孩什么都知道,只是装作不知道。在他的心中她是不主动、不张扬的忧郁型,尤其是她坐在图书馆午后的阴影里看书记笔记,偶尔撩起头发别在耳后,再把视线从本子上移到玻璃外面走过的一对一对的男女身上。

图书馆分两层,墙壁是灰褐色的,很古旧,楼梯联通着一层的借阅大厅和二楼阅读室。二楼从楼梯口过去,八个阅读室之间靠简单的花篮和栏柱分隔,毫不私密。女孩坐的位置光线好的同时,也很晃眼。阳光强烈时,古木地板上的投影与看上去梯形的大块玻璃,会形成一种几近失衡的几何关系。这对他产生过一个很强的推力,但是他控制住了。

直至她拿起他在桌上放的"山海关"饮料,看了一眼字条,向他躲藏的方向看了看,而后喝掉它,拿着空瓶,走出图书馆,走向小卖店还瓶子……他都控制住了自己的腿。

每年十月,校门口外的那片海滩上都要举办篝火联谊,经常是附近学校的大学生一起联谊。那时候大家手拉手,围着篝火,跳舞唱歌。慢慢地,这个篝火联谊也变成了学生们互相表白的一个场合。

第一年时,他完全处于观察阶段。当时人也很多,透过火焰,他注意到女孩抱着双肩,对着火焰微笑。然后也和大家牵手围城一圈跳舞。

随着大二实习期临近,新校址的即将完工,很多护理学院的学生已经都去实习了,以后可能就再也无法见面。也许这是在护理学院搬走前表白的最好的一个机会了。

他在宿舍里跟所有人围坐一圈,把计划详细部署了一遍,具体到位置、时间、谁请人、哪个负责把女孩推到中间。每张脸都被他熊熊的爱火照亮了。同学们沉默一会儿之后,大家为他竖起大拇指。

每一年篝火联谊上都有一些同学别出心裁地表白。每一年都有成功的。下午收拾场地时,他过去帮忙,选好一处大树下的海滩。不知道那是什么树。那棵大树垂下的丝条就像老人的胡子。他看着它,愣了半天,海滩上很快就摆好了坐垫、火把,还有一些木炭、柴油。他也坐在那里,在一片偌大的阴影下绑火把。

直到天快黑时,远处走来一群穿白衣服的女孩。他扫了她们一眼,就扭过头去,继续绑火把,偶尔才抬头,往校门口的方向看一眼。

篝火在下午七点钟的海滩上燃起。在海风中,火苗摇曳,人头攒动。远近有十几处人群,十几堆火。原本淡黄色的光,在黄昏海滩上被火光映得更红了。还有海是墨绿色的,带着银色的波光。而后就是风声里的欢笑和歌唱。看过去,同学们已经有的开始手拉手跳舞了。

大树下的这堆人相对安静一些,火默默烧着,噼啪作响。

女孩来了。他的视线一直从校门口跟过来。见面之后大家也热闹起来,互相说话。女孩和他挨着坐,坐了一会儿,大家就叫他们一起跳舞。他们的手第一次握在一起,那股电流的力量真的很大。

男孩在人群中打了鸡血一样地兴奋,随着大家踢腿。那棵大树在他们头顶"哗啦哗啦"地响,女孩抬头时,男孩看到一片叶子落在她肩上。他把手伸过去拿。女孩跟他说了一句话,也不是什么特别的话。他没听清。然后有人故意把女孩往人堆里拱,她随着大家一起唱,也和大家推来推去,这群人都是他安排好的。推来推去时,他慢慢往后退,从人群中出来,去拿玫瑰花。再从人群里出来的同时,一群男同学一人一个在地上捡起火把,迅速地围出一个心形,把他们围在其中。

当然还有其他同学在外围,注视着他们,透过火焰,看着大家推来推去,准备随时为这浪漫的一刻鼓掌。人群涌动中,女主角渐渐与火堆旁一堆同学区分出来。男孩和女孩的脸都被火光反射得红红的。这时男孩蹲着往火上加了点柴和油。女孩在旁边,一直被后面的人推,她没觉得奇怪,以为是别的女孩的事。这样的时刻这样的事她知道,都很正常。可是她身后的人一直没有稳定下来,推她的那个人还在对她笑呵呵的。音乐和拍手声一直在继续,舞蹈一直在继续,稍微远点的大海的波浪一直在翻涌。

不过远处已经什么也看不见了,大树也看不见了,只有一堆一堆火把,很多人的表情都在火把晃过的一瞬间闪了那么一下。一阵海风吹过,每堆火把的火苗都斜了一下,不过大树下窝风,风在这里打了旋,从火把根上扬了一下。火苗上升,火星子"呼"一下,飞溅开来,燎到了一个女同学的裙子,不少同学的衣服都沾上火星子,只有那件白衬衣上冒起了烟,一阵焦味。风还在吹,火也越燎越旺。这群人在另外几堆火把旁的老师和同学们眼前,大叫着,四散开。整个火把节大乱,跑的跑,叫的叫,老师们也赶紧去扑火,有的人往海水里跑,有的人在海滩上打滚……

大树下那堆火"呼呼呼"地在海风中照亮了大半棵树。剩下就是"呼呼"的风声,他闭着眼,眼前是一片橘红色。

他的设计是:女孩被人群推到中心,然后男孩从人群中走出来,上前扶住女孩的手,配合着同学们的起哄,跪在海滩上,双手举起备好的玫瑰花。大家疯狂的四散和喊叫也随着时间,从他的耳边慢慢消失了。听说女孩烧伤住了院,他耳朵里"嗡"了一声。这时很多人才知道,一切都是男孩的计划——包括女孩也是躺在医院的时候才知道。一个多么处心积虑的糟糕计划啊!他总想去看看女孩,说句对不起。

"算了吧,人家也没想追究。哥们儿你这一年多,工作还是不彻底啊!"

同宿舍的人对他这么说,他知道他们指的是什么。去医院的那天,犹豫半天,身后忽然有一个男孩,端着饭,超过了他,女孩脖子上缠着纱布,看到男孩走过去,就坐了起来。那个男孩比他们大不了多少。他第一次见这个男孩。一个星期后,这个男孩就开始在校园里找他。

一想到自己精心设计的闹剧,他就想下海去把自己淹死,上山去把自己累死。结束了没什么,自己还把女孩送进了医院。医院里的那个男孩是女孩的高中同学,两人差一年级,从高中就相好。女孩成绩很好,可以上更好的学校。可是男孩一年前考到医科大学的护理学院来,在当时分配工作。可是报到那天,她想让男孩来接自己,男孩却没来,女孩以为是男孩有了女朋友,据说那段时间男孩家里出了事,两人一年多彼此躲着对方,就当彼此不存在。

这些事知道也没用了。离开前,他偷偷跑去琴房,一直弹到手都木了。从校门口出去,金黄的阳光,形成细长的光带在蠕动。他背上书包,包里只有很少的钱,并不知道去哪,腿儿好像不听使唤似的，但必须走。经过海滩一侧几个叫小岛的人工亭子，还有一条通向海洋的戴河，继续向前，戴河大桥上就能望见远处的山海关了。那儿的风比路边的风大多了，吹得他睁不开眼。眼前的帆影是模糊的。在通往山海关的这段不远不近的距离里，他脑子里还没忘一年多前自己做过的蠢事。

微微的印象，一些对味道的记忆都在。他在老龙头路与海口道的路口停下来，回头看来路。本来想去视线尽头的一个岛，可是帆影原来离陆地这么远，一直走不到，也没找到附近的船。他不得不随便找了个旅店住下。他拎着五罐啤酒，拐进了疗养院后身。平时他不喝酒，他越喝酒越喘不上气，也越悲伤。他走路时不觉得喘，停下来反而又哭又喘。

出这件事前，同宿舍的人问他，有心理准备吗？他当时想不外乎被拒绝，留下一个遗憾，谁的人生没有遗憾？他喝着酒，看着窗户一角的月亮。那个女孩一点都不知道吗？他知道女孩在医院的时候托人找他，但他一直躲着。尤其那个同学也说，别去了，没什么好说的。他给女孩写纸条（虽然没留名字），压在饮料下面。那时候不断传来护理学院新校舍建好的消息。他自认为已经比较张扬了，不大的学校，几百个人，连小卖店大姨都知道他每周日去买"山海关"。女孩如果不知道，为什么要喝。她肯定知道，暗处有人观察着自己。

房间的窗外一直有个影子在晃。窗口对着一个胡同，胡同里一个人没有，不知什么地方照过来一束灯光。从这出去，过了海滨大道，就是海滩；走过海滩，就到了海上。

他后半夜在潮声中醒来。十月末了，门外的确有点冷了。哆哆嗦嗦地把钥匙插进钥匙孔，悄悄下楼，前台没人。旅馆的门，大开着。外面的天是灰色的，有点光，可能是因为海水反射月光。他慢慢往前走，听着耳边的潮声越来越大。过马路时，他感觉到一束强光朝他涌过来，好像还听到了一阵刹车声。

过了一会儿，等他拍拍身上的土，站起来，车早已经开走了。他看了看自己，还好没事，只是脚踩在海滩上，轻飘飘的，也不太硌脚。他对着大海撒了一泡长长的尿。大海太包容了，低头看去，海水蔚蓝，海风烈烈，一点味道也没留下。他一直走，一直走到天亮时分，山海关城楼在他头顶投下一片阴影。

他抬头向上看了看，这地方好像变成了一个靶子，从他的角度看，城楼四面都是脚手架，一根一根，刺在上面，看着就觉得疼。在城楼下也没有阳光，他看了看周围，也没有人，别提商店了。背包里昨天晚上和啤酒一起买的面包，派上了用场。他的头发被风吹得乱七八糟，在路边一边走一边啃面包。

公交车疾驰而过，遇上有人说载他一程，他也摇头。过了海口大道西行，有个老头骑着三轮车，老追着他。他好像听到老头说，小伙子你去哪，我带上你。他就对那个老头说，我哪也不去。老头在他身后跟了一会儿，嘴上重复着，怎么可能哪也不去呢，蒙谁呢你！然后像影子一样跟着他。他觉得胃不太舒服，一直打嗝，为此他故意在地上使劲地跺脚，每走一步，都在地上震一下。也许是过了那座桥后，他回头，才看不见那老头了。老头不见之后，他走得慢了很多。

一路上看到不少人，忙着赶路，没人知道他还要走多久，他自己都不清楚。脚在踝骨以下，越走越没有感觉，已经感觉不到木了，刚开始的疼痛像血泡一样干了。

前头遇上一道高墙。他不得不绕一大圈，才能回到海滨大道上。原来并不知道还有这么个地方，好像是个造船厂，潮已经退了，四周多了屏障，在他朝着远处望时，一只孤零零的海鸥掠过，越过高墙边缘，天空因为日出而渗进来一片红光。这道高墙一面通着海，三面围着，这里的海浪声比之前听到的都要小，却听得更细，走在其中，耳畔都是各种回声。一个脚步声，套着几十个脚步声，由近及远，一个人好像变成了一群人，朝造船厂旁边的海滩浩浩荡荡地走去。他前头，堆着一些炸山采来的大石头，一看就是山石。潮退之后，这些石头裸露出来，带着青绿的苔藓，一头伸在外面，一头戳在海里。在石头边缘激起的一波一波大浪中，水藻和海草很舒展地晃荡。他觉得脚下产生了一个莫名其妙的旋律，就试着自己嘴上一边哼,一边走了过去。

那条石头路上有些大卡车朝相反的方向驶去。没人在乎他去海边干什么。在昏暗和空荡荡的街上走还是很让人激动的,男孩恍恍惚惚地一路向前。

海滩外的浅水区填满了石头。他朝海里的石头走去,脚下的感觉,越来越像上山,松软的海滩逐渐被碎石覆盖。他蹲下来,摸到沙子,有时沙子是湿润的,带有海腥味。走了一天一夜再回头,还是能模模糊糊地看见那个"受伤"的城楼。他觉得眼疼,在阳光下一阵灼烫般的疼。在这堆大石头里待了一会儿,阳光就下去了。

他赶紧回到主路,又是一片相似的海滩,他刚好赶上一个渔船出海,就坐船去了小岛上。起航时天空蔚蓝,和大海的分界线已经看不太清。虽然没有风,空气还是流动着一股冰凉。到了岛边,船夫收了钱就扔下了他。

原来他在琴房练琴时,远远地,见过几次这个岛。这个岛在海平面的右下角,是很小的一块灰褐色。有时根本看不见。他登上小岛,小心翼翼地,走过伸向海里的一小片红色礁石,才会发现小岛并不小。岛上种植着一些冬青,还有侧柏,穿过一种大叶子的黄杨树丛,向前走的路上都是深深的凹痕。他追着这些痕迹,直到潮水抹平了它们,就没有路了。越过眼前的海,他忽然担心这块地方,说不定什么时候就消失了。也就自己记得它。本想晚上趁着还有船只,坐船回岸上,谁知道自己在岛上忘了时间,他在距离海滩好远的岛上,根本找不到学校的方位,于是只能朝黑暗的地方尽情想象。

开始的时候有一种声音,在黑暗中与海潮声呼应,后来变得含混不清,两个声音有时分得清,有时分不清,就像两个音节之间的滑动。夜空中的声音落入了彻底的寂静,一切都在看上去不大的小岛上变成一种恐惧。

他的恐惧是在这个无人小岛上转圈时产生的,他找到了一间避风的小房子,门"啪啪"地响,窗户上的玻璃"哒哒"地抖动。小岛似废弃了一样,孤零零的,浮在海上。第二天,打鱼的人忽然进小房子来找存在这里的渔网,反而被他吓了一跳。

"居然还有个人?"

对方指着他,让他起来。

他说,自己是那年音乐学院的学生,就在那边……却一时指不出方向,手指在空中乱摆。他想搭船到岸上去,渔民可不管他是不是学生,只是让他起来,别压坏了渔网。他走出小房子之后,又说,我付钱,你们带上我吧。后来,他跟船到了葫芦岛。等坐在船上,他看两个打鱼人,一脸凶相,不断地打量自己,也有点害怕。心想,万一出事所有钱都可以给他们。

两个打鱼人到了岸上,换了衣服。他背着书包,走下船,用那双长着尖尖手指的手,递给他们钱,却听他们说,滚吧小子!

离开海岸之后,他步行十三里路,到市里一家小饭馆吃了点东西,待了一天。最后看了看日期,赶紧走吧。准备一些口粮,钱花了一半。继续走的话,既然都出关了,不如去看一眼天湖。他是琴房长大的,没去过什么地方,这么一想他更不愿意回去了。

他买了车票,先到沈阳,再从长春再去二道白河镇。坐在长春到二道白河的长途汽车上,他捂着肚子,拿着一个塑料袋,吐了又吐。四天的车,也不能不吃东西,吃了一点面包,就吐出面包块来,后来他就下车去吐,到了路边,又太冷,他的衣服还是深秋的衣服,这边都快下雪了。

车上的人都嫌弃地躲着他。他的包里只剩最后一根红肠了,他看还有一夜的路,半夜就咬一小口充饥。天亮的时候,红肠已经干了。到二道白河镇的车站是在一个下午,三四点钟,他走下车,觉得浑身都在打战。红肠扔进垃圾桶,"咚"的一声响之后,也颤动了几下。虽然在控制,胃的痉挛并不示弱,一路走来,他就怕胃里翻江倒海,现在他的肋骨生疼,他已经好几天没有吃东西了,只要看见食物,胸腔就会下意识地收紧。衣服特别脏,头发也没洗,不是没时间做这些,是觉得做这些一点意义也没有。

他在车站附近一个小旅馆前停住。里面放着一首不知道名字的歌。

小旅馆一男一女，斜脑袋看他这一身衣服，湿答答的，都是雪化了的水和汗干了的渍。毫不奇怪。

这里来过全天下的驴友，每年上山看天湖是一种精神之旅。路人都看他胡子拉碴，在午后的阳光下走着，阳光一照，衣服上冒起白气，样子很搞笑而已。

"我操！小伙子，来了啊。快进来。整点好吃的，你这是走了多远啊。"

小老板走出店对他说。门外用异样眼神看他的人，早在寒风中消失了。他走过的那条路上铺了一层薄薄的雪。这个季节，风来雪就到。小老板把他当作了一个虔诚的徒步者，一边请他进去坐坐，一边给他说这里经常住的一些驴友的事。

陌生的山路，没有本地人根本行不通。他知道这一点，为了找人帮自己上山，他必须坐下来。

店里什么都没有，只有一个收音机。他的嘴巴好像被路上的风沙黏住了，说话就疼，尤其是吃到他们给他准备的土特产时，他哭了。好久没有吃热东西了。小老板和他一起吃完饭，跟他说，这个时候山里很危险，确定要上山？看他不说话，又想他走了这么远的路，可能就是想上山看一眼天湖。

"这样，先睡下，剩下我帮你解决，不过要收费，绝对公道。"

小老板倒是给自己鼓了一把劲。他也觉得，出来看一眼天湖，似乎就到了一个终点。第二天早上，四点十三分，他们的车，来了。他特意在本子上记录了时间，急匆匆洗了一把脸。汽车是上山专用的，轮子上绑着铁链，进入森林的时间是五点二十八分，天还黑着。微弱的光线落在玻璃上，柏树摇曳的影子，也投到玻璃上，照在他的脸上，一深一浅地交叠着。

山路实在难走，其实应该说开头的一段，都没有路，两侧桦树林的空隙，时大时小，杨树枝上也积着雪。车行驶在一片味道完全变了的世界。这片山林独有的气味很锋利，在风中穿梭，他后来下了车，鼻子里被割裂了，一股酸腥味冲上来。还好天太冷了，很快就被封住了。

"这下车，来，从那棵树，瞅好了吗？那边上去，千万别走错。我们在这等你。注意车灯为信号。"

他接过背包，闭着眼，往上爬，其实雪早停了，可是他爬山的时候，雪被风吹得飞散。找到那棵树后，他回头看不见车，只看见一束灯光，在白雪上划了一刀子。脚下的雪"嘎吱嘎吱"响。他渐渐走入高高低低的一片灰色的石头群中，和下海时感受到的石头一样，摸上去，温度也差不多，他扶着一棵树又一棵树，往白色的山上走去。感觉空气一下流动起来时，也许就是快到这个坡的顶峰了。就快到了，鼻子也越来越疼，最后嘴里也一起冲出一股腥味……他倒在积雪的山顶，斜着身子，看了一眼蓝蓝的、闪烁着波光的天湖。就像是一双女孩的眼睛。他不敢注视，可是又想忍不住。开始一会儿清晰,一会儿模糊,后来就彻底什么也看不见了。

醒来时,男孩躺在病房里打着点滴,身边没有一个人。某些地方、某些时刻看上去微不足道,却带着奇异的生动,牢牢地粘在记忆里。奇异是因为他眼前一个白色的身影如此生动,刚清晰起来,又模糊下去。

他也以为,这个人是假的。其实他彻底醒来才发觉,窗外真的是山景。自己真的从海边走到了山中。

"醒过来了。你严重营养不良,晕过去了,还好有山民好心把你送下山。你这是走了多久啊?"

也许这只是一个感叹句,不用回答。医生走后,他穿好衣服,洗了一把脸,交了钱,连夜赶去火车站。

他在冬日黄昏的黑暗中从天湖下面的道河镇启程。那是一个极小的车站,他在那睡了一觉火车还没有来。后来听到窗外"钢铛钢铛"地响,还有"嘶嘶"的汽笛,以及一阵钢互相挤压产生的刺耳的声音,男孩耳朵里一片嘈杂,惊醒过来。

"是不是车来了?"

周围也没有人,检票口也没人。人都去哪了?

火车到海滨火车站是晚上九点十八分。他只知道一个多月过去了。下了车,火车站也一样,异常空旷,天空也灰灰的,所有地方都像荒废了一样,落满尘土。

他的记忆是清晰的,从车站到学校要乘公交车,一看手表可能赶得上最后一班。他来来回回找了四十多分钟,却没找到车站,只看见了车站西侧有一个模样奇怪、像飞船一样的酒店,整体全是玻璃,看样子还没开业,当然他也没有看到哪里是门。

这个建筑物前面,一个人也没有。他扭头望向火车站,在即将黑下来的光线下,好不容易辨认出一个陌生轮廓。唯一让他踏实一点的是,车站上方的名称是熟悉的。他大学报到,就是从这里下火车。

街道远处,影影绰绰。最终他等到一辆车。车的颜色太奇怪了,淡绿色,车型特别迷你。它从影影绰绰的街道深处飞驰而来。

现在,车特别难打。他上车这么说。哪还有人在路边打车啊。什么年头,刚才我还以为,我看错了。然后出租车司机又说了一些莫名其妙的话。他似乎不想去他说的地方。他又说,很久没去那边了。

那边在他口中带着一种奇怪的语调,像在说另一个遥远的星球。除了有路灯的地方,那感觉真像沉入了一片黑暗,路边斑点般闪过的小房子。很快,也就是二十分钟,车停在一片居民小区前面的路上。

"这是海滨大道?"

"我不知道这是不是你说的海滨大道。我按导航走,你可以看看导航。"

天晚了，越往学校的方向开，路上越黑。唯一可以判断路是否正确的，是黑暗中的海潮声。那么安静，那么生生不息。他四下张望着。下车后，那辆出租车开走，很快就消失在了夜幕里。他觉得自己又遇上一个奇怪的人，可是走了一圈，也没有找到那个学校的大门。

海潮声一会儿听得见，一会儿听不见，时间那一刻倏然静止，是不是走错路了？这地方光线弱，也打不到车，看不见一个人，干脆在附近找个地方凑合一夜再说。路灯坏了，一闪一闪。

他往小区里走，小区里有一个亮着灯的玻璃窗。看样子是个通宵值班的卫生室。它坐落在一个亮着刺目灯光的街角，他趴在窗口看的时候，穿白衬衣的女孩，正在给一个老奶奶打针。老奶奶微仰着头，看着靠近她那一侧窗台上的夜来香。还有一个中年男人，有点心不在焉，坐在门口边的诊疗柜旁。柜旁是一个木椅子，椅背上挂着一个银色听诊器——眼前三分之二的部分被这个情景占满。慢慢地，路消失在了黑暗中。

他站在这里，想象得出前面的路，大概会在哪里转弯。此刻发生的一切，可能都是因为自己太累了。他用手捋了捋头发，双手抹了把脸，走到门口，护士已打完针，朝着门口走来了。

"对不起，这里没有商店吗？"

"这个时间，关门了。这片是老小区，老人多，都睡得早着呢。"

他进门之后,中年男人起身,拿着些药正想离开。

"附近的音乐学院……"

中年男人看了他一眼,摇了摇头。

"你到底要去哪?"又说,"附近没有什么音乐学院。"

护士看着他,他忽然有些不知道说什么。他觉得不是护士跟他开玩笑,就是她刚到这里来,不熟悉情况。他跟侧躺在靠窗位置的那个老奶奶说话。

"您老是不是这边的人?"

护士比划了一下,意思是老人可能睡着了。她小声说,老人今晚要在这里观察,他家里人都不在了。老人的反应超乎想象地慢,她用更小的声音说,我年轻时就在这里了。他被吓了一跳:

"您说什么?您肯定知道我们学校吧?我出了一趟门,回来找了半天没找到,天太黑了。"

"我在这里这么多年,打听什么的都有,从来没有人问过什么音乐学院……我年轻的时候倒是有个地方,老是传出钢琴声。"

老奶奶肯定是老糊涂了。自己明明在一个多月前——他看了看日期,准确来说是三十二天前从这里离开的。现在一切解决了。也不能说彻底解决吧,至少可以面对接下来的事。

老奶奶还在继续说,不过他已经听不太清了。男孩一笑,自己这些事肯定也没人相信。回到海滨后，他也是在车上时，猛然想到女孩老家好像就在天湖边，冥冥中去找她了？别胡思乱想了。眼前这个护士的身型，很像那个女孩，只是稍微高点。他觉得自己应该冷静下来。开始时护士还觉得，来了一个怪人，看他也不想走。天越来越晚。他靠着门口，站了一会儿，问能不能让他在这里过夜，明天他就回学校了。

女孩想了想，二十四小时的公共卫生室，也不好撵人，就说你随便吧。

晚上，女孩走到门外。

"你说你是音乐学院的？我有办法测试。"

他正在门口发呆，就看着她从屋里，拿出来一个电子琴。

"这是给外甥女的礼物……是测谎仪。"

他很久没有碰琴了，指尖压在窄小的琴键上，一股弱弱的电流沿着指纹旋转，传到脑子里。

那个旋律又响了起来。

他弹了一遍又一遍。女孩看着他，看不到他除手指外的任何动作，他的肩膀一动不动地，靠在门口的大树下。

"你不会弹别的了？一直重复，这是啥曲子啊，听都听烦了。"

月光下的女护士和那个女孩几乎是同一个人，从白衬衣到头型，还有虎牙和眼镜。

屋里的老奶奶，半天没有动静了。可能已经睡着了。

这样吧,他又弹了一个《小夜曲》算加演,弹到那个漂亮的装饰音,女孩眯着的眼睛,倏地一亮。她手托着脸,看向窗外的月亮。

"好啦,好啦,知道你会弹琴了。"

"弹得不错,但还是一样没有你要找的音乐学院啊,小伙子。"

老奶奶在屋里忽然发出声音。随后男孩进屋,躺在靠里面的床上,不再说话,过了一夜。与老奶奶的床位,隔着一段距离。这个距离与墙壁形成的阴影,在这个清晨出现的护士给老奶奶喂稀饭的场景里,形成了一种有趣的几何图案。他侧身躺着,不敢喘气,静静地,体会着一种安宁带来的回忆的味道,明明过去了,不再想了。

后来天越来越亮,女孩也下早班离开了。只是长得像而已,并不是自己喜欢过的那个女孩,他完全不相信,这太离奇了。

老奶奶正在诊所角落的水盆旁撩着水洗脸,洗完又撩着水抹了把脖子,他走过去时,看见老奶奶脖子上有一道烧伤的痕迹。老奶奶当时低着头,没有看他,他把钱放在桌子上,老奶奶拿毛巾擦脸,也没有看他。

"小伙子,你是不是来错地方了,这附近有你说的地方,我怎么可能不知道呢?"

他走出门口时,老奶奶站在门口喊了这几句。这一走,又不知要走多久。在记忆中去往学校的那条路上,他回忆着老人的脸,那是一张给人奇怪感觉的脸,前一秒觉得平常,像一路上遇见的所有这个年纪的人,下一秒又觉得她有一种熟悉感,还有脖子上的伤疤……别胡思乱想了。他还没有弄明白发生了什么,脚已经踏上了马路,石子被类似于海绵与橡胶混合物的东西覆盖着,踩上去,悄无声息,毫无痕迹。所有海滩踩上去的感觉都是绵绵的,远远看去,海滩上还有一些人走后留下的,黑色的火把的灰烬。

　　下海的感觉也是对的,他一直向着海里走,就像大脑里某个部分,根本不听指挥,音阶一直在弹奏,那些神秘的旋律从远处飘来,从那个消失的校园里飘来。后来他一直没有走上岸,一波又一波的海浪,不断迎着他,穿过他,冲向了海滩……

第十一站：在沙门的海滩上
（39.7公里处）

海滩边上有一排低矮的小木屋。远远地，看到那个人走了过去，看不清他脸上的神色，只能听到传过来的曲调是忧伤的。过了一会儿，他尾随着，再次返回那片柏树林，几步没跟上，就在那片树林边缘的海滩上消失了。

到了这里，放眼望去，比树林还要多的，就是金黄色的海滩。下午走过海滩时，遇见一些孩子在沙子里捡贝壳。海滩上的那艘搁浅的木船，仍在那里。他就坐在船头，这个被称为"怪客"的男人，来到沙门后很快在海边搭起了一个棚子。人们记得，他一开始在这个棚子里，会待到深秋，神不知鬼不觉地离开，然后来年再看见他坐在船头的时候，已经是春末。不知道他去过哪里，也不知他在等什么。

真是个奇怪的人！沙门人这样说，不仅因为他长得完全

第十一站:在沙门的海滩上

不像一个渔民，还因为他只在海滩上活动，很少与沙门人往来。每月买生活用品，或重要的事发生了，他才匆匆上岸。

当然，你还会听到很多关于这个怪客的事。"得到多少雨，便失去多少云。"这句话是怪客的口头禅，意思是一切都是恒定的。也许是他很少跟沙门人交流吧，这句话成了别人介绍他的一个标志。

"是啊，那个怪人总是说出这样的话。"

沙门人找他买鱼，才发现他倒是很好接触，见人就跟人家笑，偶尔把人笑得不知所措，人家才想起催他快些拿鱼。鱼价凭人家给，他也从不争。大家有时怕他赔钱，他又是那句话："得到多少雨，便失去多少云。"后来，一些人想吃鱼，就来找他。

沙门的大船外出一去几个月，回来都是大鱼，一家吃不下一条。所以，大鱼被运到 N 市或更远的地方了。自家煮来吃，还是要买怪客的小鱼。怪客的鱼，打上来之后，养在棚子西南角的一只柳条篓里，篓里放着一个盛满海水的塑料袋。买鱼的人都听得见活生生的鱼拍打水的声音。

怪客不分阴晴，每天打鱼。有些人说他奇怪，也是因为阴天下雨，烈日高阳，从未见他停息。

一片海滩，一片树林，一片海滩，一片沙沙作响的树林，按这个顺序走过去，小路慢慢地从一片低矮的房屋尽头浮了出来。路通向镇上的商店、邮局、菜市场。有时，怪客经过那里，会看一眼低矮小屋。住在小木屋里的人都紧紧拉着窗帘。他在你的窗前一晃，从窗口，走了过去。

沙门人跟他打招呼，不会多说什么，一般远远地，跟他喊一声：来了！他慢慢地，学会回你一句：来了！

他脸上的那种天真的笑容已经很少见了。所有沙门人都想更多地了解这个人的底细。周围有这么个怪客，多少让他们枯燥的海边小镇生活有意思一些。

虽然，怪客在海边，大家在岸上，交集不多。或许一个女人可以让这个男人更容易被理解，而他总是喃喃地对去找他买鱼的人说：

"得到多少雨，便失去多少云。人啊，就这么回事儿。"

"你说什么？"去买过他鱼的人，有一天忽然跑到岸上说，怪客失踪了，棚子里也没人。

他重新出现在沙门人的视野里时，已经一个月后的某天下午。从海滩路过的人，一定会看见那只木船。船舷已被海浪刷得斑白。那个船头上坐着一个男孩，黝黑的脊背，裸露在阳光下，和怪客的姿势一模一样。怪客回到了沙门。他指着那个男孩，对来买鱼的人说：

"那是我的儿子。"

"你女人没跟来？"

"死了，要来，只能是魂跟来！"

对沙门和沙门人的印象，我觉得他和我这个旅行者差不多——沙门这地方有一种神秘的魅力。我到沙门之后住在海边那排低矮的小屋里。小屋子里靠窗的一边，摆着一张旧写字台，样子很丑，木料随意，表面没有亮漆。旧写字台上放着两只杯子。杯身刻着些碎小的梅花。树枝被磨得只剩一截一截粗粗细细的线段。沙门只有一个商店卖这种杯子。商店里有过很多女售货员，其中的一位貌似我深爱过的姑娘，使得我在商店外的路上不肯离去。我走来走去时，像我深爱过的那个姑娘的女售货员，正在店里给一个人介绍着什么。我看见一个怪人出现在店里，从外面看进去，那人双眼凹陷，眉毛黑粗，颧骨高突，穿着一身汉衣，有时还能在上面发现一些鱼的鳞片，黄昏的阳光在他身上，熠熠闪烁。我只是来看看那个女售货员的。在商店外，走来走去的我是不是也很像个怪人呢？

有一次，我匆匆走进商店，回头看见那个穿着汉衣的人也走了进来。他的身上仍黏着鱼鳞，腥味很大。慌乱之中，我问女售货员，有没有口哨？她诧异地看着我，又看看我身后的那个人，温柔一笑。她从货架上翻出个满是灰尘的盒子，拂拂尘土，然后打开来，里面装有一个铁哨。铁哨绑在一条淡黄色的细绳上。我没有买笔，而是买了一个哨子。

去往海边的路上，我越走越快，最后甚至跑了起来，沿着海边夕阳淡去的方向，跑了起来。经过一片树林，去到一片海滩上。海滩之后是一片树林,柏树,还有黄杨树,随着季节不同,变换叶片的色彩。

那是我第一次走到树林之外的另一片海滩。以前我看着这片树林,看到天黑下来,不知为什么,却从没有穿过去。

我就是在这里,看到了刚才在商店遇上的那个怪人。

我看着他走进了海滩上的棚子。我朝他走去时,一群海鸟从树上惊飞起来。海滩"吱吱"响着。海边各种声音。那个怪人也看见了我。等我走近,他指着我的胸前。这时我才发觉我的脖子上只剩下了一条绳子。相识以后,我发现这个人几乎在我散步到树林的那个时候,一定准时坐在船头吸烟。后来有一次,我站在柏树林前,看着男孩在波光中向怪客跟前走去。男孩坐到了船头上。怪客抚着男孩的脑袋。男孩趴在怪客怀里,脸埋得很低。

男孩抬头时,愣了一会儿,抹了抹眼,似乎想看得更清。我们的目光平静地相遇。他看我朝他越走越近。后来我才知道,这是沙门人口中的怪客。我接过怪客递过来一支烟。男孩没有和我说话,似乎正在专注地,数着脚下的贝壳。海鸥在慢慢暗下来的海上,用翅膀画出一次次亮色,时不时引得我抬头。天黑之后,两个烟头的光,还浮在海边夜色中。

"这小子像我吗?"

"像啊!"

"哪里像?"

"这小子太安静啦,这么大年纪,有点儿怪!"

"静不好?静点儿好。"

后来,怪客叹气似的说:

"我可不想他像我,孩子是个苦孩子。"

"你们是从哪来的啊?"

"你不说,我都快忘了哪里了……"

再次与怪客遇见的那天,他正收一张空网。过了一会儿,他又走到海边去撒网。拉上来,网又是空的。怪客的儿子跟在他身后哈哈笑。

"亏得没听你!我从来不希望捕到一条大鱼。"

怪客又一次把网撒出去。网在海面上砸出一圈圈水纹。海是平静的。如果网还是空的,他还是会笑,我想。收网时,网里扑通乱动的,是几条不小的鱼。怪客笑着说,居然这么大!真得感谢大海了。男孩抱着鱼,在海滩上跑起来,而后又追逐着那条从怀里挣脱的鱼。怪客把视线从远处的海面拽回来,看着我。傍晚,我散步到海滩上,看到来买鱼的人,匆匆把那条大一点的鱼买走。而他看着那人走远后,依然弯着腰,笑眯眯地,带上儿子把手指弯成各种形状,塞在嘴里吹口哨。

"吹!"

呼——

"这儿,别使劲。吹!"

呼——

怪客又去撒网。男孩站在离我不远的地方,练习吹气。

窗外传来口哨声时,我探身把紧紧拉上的窗帘,敞开了一点。哨声越来越近,我以为是幻觉。当窗帘敞开的那一瞬间,阳光泼进屋,敲门声也响了起来。是那个经常坐在船头的小男孩!他站在门口看着我,看着我身后的写字台,看着看着露出一排小牙,笑着跟我说:

"我爸找你去坐呢!"

他走在我前面,突然不好意思地说:

"你的铁哨呢?"

铁哨早被我忘得一干二净了——那次是为了缓解尴尬随便买的,后来找不到了。男孩回头看我,似乎在示意我,跟上去。他在奔跑中,吹着难辨曲调的口哨。等我走近了,问怪客什么事,他不说话。

每年我都要来海边做一次过客。好多事不是说有多想就能解决的。看样子我的事情还要一拖再拖,每个人其实都有不少事,一时很难说清。我看看四周,对怪客说:

"对了,我忽然想起你总说的那句话:'得到多少云,失去多少雨。'"

怪客还是同一个表情,看着我。

"你不觉得是这样吗？得到的这一刻，失去已经等在那里。"

这样的对话，发生在生活里的机会不多，它的刻意恰恰证明了这是故事，这是一个涉及某些严肃话题的故事。

后来，我们走进棚子，再次坐下来，我看见一个瓶子——那是他清晨上岸打来的酒。我们配鱼和咸菜，喝起了酒，喝到阳光热起来。偶尔，男孩从桌边跑过，嘟着嘴，哨声不断。怪客一边喝酒，一边纠正孩子的手势。他说，这样，这样。声音集中，这样打弯指头，这样放进去嘴里，用舌头顶住……

傍晚时分，我们坐在木船船头上醒酒，周围一片阒静。怪客红着脸，突然低下了头，他说，这辈子最大的快乐，也是最大的不快乐。我也不知道怎么说，你有过这个感觉吗？

他愿意跟我说这些话，可能是因为我们都是过客？因为我肯定会离开，肯定会去别的什么地方。这样的人不会在沙门人的记忆里，留下痕迹。他说，他也一样，人们总是看见一个人，就渐渐忘记另一个人。

我听出他的苦恼是因为一个买鱼的人问怪客啥时候来"桃花汛"。雨云村也有这个说法，"桃花"指女人，"桃花汛"指找个女人生活。

本来都快忘记了，又突然想起小小的雨云村。

雨云村生活着以搓草绳为生的乡亲。很多人一辈子围绕一条草绳而过。村里人玩笑时说,我们这里,虽然叫雨云,却总是闹旱灾和蝗灾,好多人都逃荒走了。大家生生世世,就跟串起来的蚂蚱似的!

之前,沙门人盛传"失踪",其实是怪客扔下渔网回了一趟故乡。雨云村人托人捎了无数口信,他也没有回去。

他回去时,在村里长到六岁的男孩已经到了追着村人问他爸在哪里的年纪。大伙不停通过贩卖草绳的人捎口信,如果看见孩子父亲,就告诉他,孩子大了,想他。村里人觉得这孩子命不好。那些年天旱无雨,热病夺走雨云村很多小孩子的命。唯独他活了下来。村里老人拍着他的脑袋,又说苦孩子是好命,因为这个孩子出生时下了一场大雨……

怪客抱着孩子,村里人给他说起了孩子母亲。男孩母亲是沙门人——怪客年轻时来过沙门,后来两人相爱了。女人家人不同意她嫁给一个异乡客,把她关在房间里。怪客想她了,就假装过客,从她窗外走过,口哨是暗号。打鱼不上心,只是吹口哨来劲,坐在船头吹啊吹,最后吹得嘴唇都裂了……她家人为了阻止他们,风风火火把她远嫁他乡。后来女人微微鼓起的肚子在婚礼之后漏馅了。对方感觉受骗,发疯似的把她被吊起来打。大肚子女人在一次大雨中逃跑成功,来到雨云村。很多人记得很清楚,女人瘪着肚子被几个大汉从一条泥泞的山路上抬走了。几个人中的一个自称是女人的丈夫,他指着女人怀里紧抱住不肯松手的孩子说,把人丢到这里来了,这孩子居然生下来了,那就让他自生自灭吧。然后,就和其他几个人把女人绑上绳子,消失在雨中。没人知道他们去了哪里。

怪客听了,既难过又高兴。他回来后,牵着儿子在村里拜访了很多人。怪客为了感谢大家,给每家都搓好一筐草绳,连夜摆在各家门口。后来他的手上全是血。忽然有一天,远处的天空还黑着,他打包行李,带着孩子,像他忽然回来一样,又离开了。

从此,沙门人的海滩上,破木船的船头上,多了一个黑黑的男孩。怪客说得动情,整个人都有些颤抖。他抽着烟,我在他旁边,透过烟气,看到他儿子,坐在船头朝我们看。

"我们不想离开了,我等着他长大……儿子长大后,就上岸去,还找个沙门女人相好。"

看着海滩上的男孩,脑中浮现的,是坐在门槛上用细沙搓绳的女人形象。如果时光是沙子,那个女人就可以把它搓成绳子,轻绾在脖颈上。然后,让一副瘦弱的身体在风中,如陀螺一样旋转。

回到小屋后,我躺在床上,记下了这句话。我问他,今年还走不走?怪客说,去哪里不一样呢?这一年,我在沙门人的海滩边住到了冬天。海边的冬天,实在太冷。沙滩上的棚子,根本挡不住刺骨的海风。那些天,我没有去海边散步,有时只会停下笔,走到写字台前,看一看窗外。

某天,忽然看到窗外驶来的一辆公交车上,下来一个女人。海风很大,她独自走向海边。更远处有一个男人,坐在一艘木船的船头上。女人背着包,头发被吹得很乱,偶尔回头。那人离开木船后,似乎一直远远地跟着女人。女人在树林边的低矮小屋,办理入住手续,住在了对面的小屋(隔着一个小空场)。她进屋后,把窗帘拉严,弯下腰,把什么东西放在茶几上——这排低矮房间大小、格局一样。所有房间的摆设也一样。女人听到隔壁关门声时,房门震了一下。看不清走进去的那人。黄昏时女人又去了海滩,她蹲下来,在海滩上点燃了自己带来的照片。她专注地烧着,忽然站了一个男人。这人是她隔壁的住客——好像是刚才在海边看到过的那人。他在她身边蹲下来。她总算看清了男人的脸,一个面容苍白的男人,一双好看的眼睛。男人笑着,把一沓纸放到那把火里。火燃烧着,海风吹走一些灰尘。男人说了些什么,女人并没有在意。照片已经烧完,她还蹲在原地。突然,女人揽住男人的头,两人疯狂亲吻。冬天的海边,沿途一片荒凉,只有麦当劳开着。女人和男人在麦当劳里对坐。可以设想他们谈论很多生活里的问题。对于陌生人的交谈,这才是真实的,不会担心什么隐私。后来两人的话题,还可以涉及未来。也许,两人还会保持联系,乐观面对接下来的人生。那个晚上,男人和女人一起走进了女人那间小屋。他们看上去,像热恋中的男女一样。海潮声中依稀伴随着女人肆无忌惮的呻吟。忽然,男人掐住女人的脖子,下身还在疯狂地运动。女人一边幸福地笑着,一边闭上眼,直至停止呼吸。女人赤身裸体,孤零零地,躺在床上。屋里茶几上的安眠药也不见了,然后,隔壁又传来一声关门声。

这一切可能都不是想象的,那个声音确实从窗口飘进了我的房间。第二天,我放下笔,若无其事地,走过空场,从女人隔壁那间房子的窗前走过,透过半掩的窗帘,我好像看见一个男人趴在床上,酒瓶散落一地,睡着了似的。女人的窗户严严的,我不愿意相信,真的发生过什么。从那间窗帘紧闭的房间走过时,我走得很快,仿佛在追一个人。那个人在我的眼前一闪而过,进入一片树林,穿过一片海滩,最后在海滩上,不出所料地消失了。

多年之后,一部电影里出现了这样一段描述——外国有个海滩,很多人在临死前会去那里。最好是在冬天,因为那里太冷了,好多能忍受住寒冷的人,会改变想法,更慎重地选择一次,那是一个命运转机的地方。

后来,我的确去了一次海边,确实很冷,远远地还看了一会儿怪客父子的棚子,最终没有走过去。

三天后离开的那列火车上,沙门人的海滩,以及那些不真实却发生在生命里的故事,依然牵动着我,在接下去的旅途中,不知不觉地,嘟起嘴唇,向前去。

第十二站：在灵蛇岛的几天
（50公里处）

向前去，过了那片废弃的造船厂，就是灵蛇岛码头了。

那个男人从码头下了船，在散发着淡鱼腥味的人群中间，张望了一会儿。柳河从附近汇入大海，岛上小城的夏天总是这样，下了半天的雨，逐渐收拢，那些窝在岸边柏树叶上的水迹，又在黄昏的光线下，发出了淡淡的、明亮的绿色。一切都带着闷热与潮湿感。他见到大学同学后，指着不知通向山顶的一条路：

"我一路站在甲板上，都看傻眼了！"

逶迤的小路、蛇巢般的建筑、蛇形路灯布满了这座小岛。规划者似乎有意把它往这个诡异的方向塑造。离灵蛇岛码头不远，有一个可以眺望柳河入海口的咖啡厅——这是小岛出名后为那些闲人而建的，去那里的人大部分是旅客，有时还会有一些过路的人，在那里休息和等船。咖啡馆在黄昏时人很少。所以，那声尖叫传来的时候，大家都把头转向了门口。所有人的目光，一起落在门外的那个女人身上，然后随着她，进入了咖啡厅。那个男人和他也同样带着惊慌的神情看着，她找了一个角落，气喘吁吁地，坐了下来。

虽然，他一个人在小城工作，他还是给那个男人——他的同学，订好了一家宾馆。这是学生时代形成的习惯。那时他在校外租了一间房，直到毕业也没让任何同学去过。那个男人知道他的习惯，并不在意，问了地址，继续聊天。他没想到，对面是这个曾经奇怪又腼腆的同学，又突然放下杯子，朝着尖叫的女人走过去。那个男人看他在女人耳边说了几句，女人眨几下眼，似乎想了下，就和他一同走出了咖啡厅。

"一条蛇闪了一下。我没敢踩下去，把抬起的腿，尽力向前迈了一步。"就是这一步差点儿让她摔倒。刚才的尖叫就这么发生了。她一边形容说，心像触电一样，一边被一辆出租车载着，奔驰在一条盘山路上。这条路直通那个疗养小区，那里招揽着四面八方的有钱人。说起蛇餐，他曾听人描述过它的制作过程——

"从铁桶里揪出一条重约半公斤的眼镜蛇。大厨逮来母鸡。鸡闻到眼镜蛇的气味，羽毛根根竖立。眼镜蛇闻到木鸡的气味，颈部瞬间膨胀。片刻，猛然张开嘴，用力咬向母鸡。

鸡惨叫时，鸡冠由红变暗，半分钟后，耷拉着脑袋，栽倒在地。趁母鸡体温尚存，大厨忙提它到厨房放血。眼镜蛇在这时被活活丢进锅中。熬煮一宿，鸡肉蛇肉混为一体……"

灵蛇岛上的大部分人没有吃过这种蛇餐。多数人只在山下生活，过着平常的生活。车在山路上前行，这段并不高的山脉，点缀着小岛，再往远处去，就是大海。海鸥不时从山顶小区的上空掠过，留下持久的呜呜声。当年，他毕业来到岛上小城，看着一望无际的大海，听着山顶的群鸟的呜呜声，觉得自己好像被困在了这个鬼地方！他想离开这里，随便去哪儿都行。

对于他这样的普通人来说，山顶小区是一个充满诱惑的地方。这是他第一次上山,黄昏尾声的风,格外凉爽。与身边表情冷漠的女人相比,他多少有些激动。

这辆出租车在一个欧式大门前停下之后,女人下了车,他站在门口,接到了那个男人的电话,他没想到那个男人在电话里直接问他,这儿的妓女躲在哪里?你甭管我了,你忙你的事,我自己去散散心。他告诉男人那儿有一条街,碍于身旁有人,他放低了音量,只说了一个大致方向:"沿码头西边那条弯曲的路,向上走,街道的尽头,会看到一盏路灯,在那里等着,就有人来找你。"

放下电话,从那个欧式大门走进去,里面有一片很大的草地,向东拐两个小弯,前面是几盏蛇形路灯。被路灯光照得几乎透明的树林后,有一座白色洋楼。随后,女人打开门,走了进去,他们一起走上二楼,进到左边第五个房间。她去拉开了窗帘,一个四十多岁的男人,躺在床上,歪着脑袋,盯着窗口。拉开窗帘之后,经过树枝折射的光线,从窗口一下洒进了屋子。

女人介绍说,那是我男人。看他没什么反应,她接续说,最好的三年,都给了这个人。他终于和老婆离婚,一年之后出了车祸,倒霉吧。然后我这儿,就像蛇一样冬眠。她手摸着心脏的位置。女人站在窗户边上。

"可能是报应吧,你不是问过我发生了什么吗?我总觉得,从他昏迷那天开始,这就再也没感觉了。"

他停在那里听女人说完,然后和女人一同走下楼,穿过花园,走入一片——也许是榆树?这片树林之外是一条通向欧式大门口的石子路。其实,他想和女人解释一下那次在宾馆是自己猴急了。或者喝点东西再走,但他忽然感觉怪怪的。女人说,真的不去喝一杯?那好吧。他们一边走,一边说话,就这样来到了大门口。他跟女人说话的同时,目光锁在她身上。这个女人有着蛇一样的身段,变幻莫测的表情。这次并不白来,至少他心里认为,对这个女人又多了一点了解。

下山的这条路,车灯照上去,看上去像蛇一样光滑。在窗外飞驰的风景中,大量抖动的花草,让人忍不住也要怀疑里面是否藏着蛇。

一共用了四十六分钟,出租车来到了他给那个男人预订的饭店门前。那个男人不在房间,他在大堂等了一会儿,有些困倦,他就一个人回了家。刚一开门,手机就响了。听了一会儿,"我他妈的……在这边……"他打断电话里嘈杂的声音,"我等你半天,你现在在哪儿?怎么这么乱,我听不到你说什么。"那个男人在电话里支支吾吾,电话断掉之后,就再也打不通了。

一次在码头等船时,他走入了这个咖啡厅。遇上这个女人的第一次,她就深深吸引住了他——认识之后,他才知道女人喜欢每天黄昏去喝一杯咖啡。直到他们说上了话的那天。

本来这样的事情也不算什么，各取所需。他们在海边散步时，他试探性地碰了一下女人的后背。对于这样一个美丽的女人，他早已准备好被拒绝时要不动声色。可是她同时也是一个奇怪的女人，她疯狂地捧住他的头，像蛇一样缠住了他的身体。后来，他们的身体在宾馆的房间里纠缠了很久，直到两人满头大汗。女人忽然褪去了热情，冷冷地说：

"现在，还不行……我这里有什么东西在动。"

女人指着自己的心脏。他觉得，这是一个借口。

这是那个男人来之前发生的事情，后来他和女人有一段时间不联系了，萍水相逢的故事都是这样吗？没想到那个男人忽然给他打了一个电话说，老同学，我在你附近，我出了点事情，心情不太好。他就说，欢迎来看看，反正也不远。其实，他也因为那个女人的突然拒绝，一直提不起精神。

那个男人下船那天的黄昏，也是那个女人在他们分开后第一次出现在咖啡厅。那个男人只看到了他说着说着，忽然站起来，走向了那个女人。

现在，那个男人已经一整天没有消息了。晚上，刚睡着，一个电话就把他吵醒了。各种声响混在"呼呼"的海风中，从黑暗的海面上，弥漫开来。他走在海边的那条路上，一边走，一边抬头看头顶压得很低的天空。他停在那里，被零星的行人，越落越远。天空给人一种触手可及的感觉。

他从这条路一直走下去，来到一个夜市。（以前他来过一

次。夜市聚集了很多岛上的异乡客,岛上的大部分人很少来这里。他们不是早早休息,就是去岛另外一侧的大排档去吃饭。这里还是有些昂贵。)夜市没人注意到他在角落坐了下来。服务员热情地推销起了蛇羹。

"我过敏。过敏,你不懂吗?"

没过多久,服务员又怯生生地,走了过来。

"不来份蛇不就白来啦!怎么能白来呢,您说对吧?"

关于蛇餐的传说,他在这里和同事们夜宵时听说过。他记起来那次回家睡觉,还被噩梦惊醒。以后别人约他来这里,他都不再出来。他跟别人解释说,过敏。有人问他,过敏什么?他说,蛇,蛇。

这次,他随便点了点东西,吃完之后,匆匆从夜市穿过,拐上了另一条路。

第二个女人是在路尽头的那盏路灯下出现的。

你着急去哪?咱们说说话吧?他喝了点酒,眼前仿佛出现了那个拒绝了自己的女人。两个女人的轮廓,在路灯的照映下,一会儿重合,一会儿分开。他揉了揉眼,点了一下头。其实,自从灵蛇岛的名声打响后,很多女人从外地纷纷涌进小岛。山顶是高消费,山下生活着更多平常人。以前从这里走过,常有女人跟他晃手。不过,他没什么兴趣。她们的生活,他的生活,互不影响。

到了这天,他被他人的生活诱惑着,走上一条灯光稀疏的小路。两边黑黢黢的墙影,朝路面压过来。墙后长着一片树林,他们走着,月光不时从树缝中钻出来。女人不停转弯,最后推开了一扇门。这个门很隐蔽,出现在一家旅馆里。一个老妇人,坐在掉漆的柜台里,看他们走过去,随手拿了一把钥匙,放在柜台上。推开202的门,女子指了指床,叫他先坐。他来岛上这么多年,第一次喝那么多酒,喝得猛点儿,整个人晕晕的,既来之则安之吧。女人模糊的脸,在昏暗的灯光里晃动。他听到女人说,咱们说说话吧。这是什么开场?他说,你当我有钱没处花啊?有什么好说的。据说,这行的女人背后都有打手。他本想走人,想到这一举动,会引来门外几个男人,被狠狠修理一顿划不来。于是,躺在床上,说那就聊呗。女人床边的小沙发上说,你想听什么?

"随便,你想说什么就说什么。"

话是这么说,他没想到女人说起了什么儿子,什么学费还没交,什么自己原来住在山顶小区里,什么怕被人瞧不起,什么人抢了他的老公,占了他们的房子……他的酒劲上来了,在完全糊掉之前,他记得他问了一句:

"那你男人呢?"

"找了个小三,把我们母子甩了……没联系了,是死是活,我都不知道。不过,我希望那个男人不死不活才好。"

女人的想法真是千奇百怪。在这种有点吊诡的氛围中,他慢慢地沉入到这些天自己的经历中。这时最重要的是,由彼及此。

他在一层淡黄色的晨曦中醒来,女人蜷在小沙发里,不知是睡是醒。他坐起来时,头还有些胀晕。

"昨晚,你手机响了很长时间。我看你睡得很死。"女子站起来,对着镜子理了理头发,"吃个早餐再走吧。"

他穿好上衣,径直地,走向门口。女人在他身后的柔光中,发出的声音却那么有力。

"你可能不记得我昨晚说什么了吧?一定以为我是个骗子!"

"没有,没有,我看得出来,你不是那样的女人。女人复杂着呢。"

他站在门边,低头从兜里,拿出仅剩下的七百块钱给了这个女人。出门前,说了一句:

"有机会你再给我说说。"

"我在那里等你,有什么事想说了就来找我。"

他走出房间时,看了看手机的未接来电。电话是从山顶小区里打来的。他按照短信上的时间,打车赶了过去。

女人躺在他怀里,神情有些紧张。

"我每天下午给他喂完药都去咖啡厅换一换心情。每次都走过那片树林,从没遇上过蛇——唯独那天遇上了蛇。我感觉,它一直跟着我。对,以前我就有这种感觉,只是没有看到它。"

女人抢过他手里的烟,放在嘴里,深吸一口。

"我们在一起时,我总觉得蛇在我的身体里动。这些天,我躲在家里,就是怕它在某一时间突然出现,因为我没办法控制它。"

他不知道该如何接话。在那个男人来岛上的黄昏,他之所以大胆地朝女人走过去,是因为他一直在等她。他的老同学——那个男人的造访,像一个开关,为他们的故事作出了一个转折。自己终于遇上了一个心爱的女人,他并不管这个女人之前发生过什么。他觉得,无数次的相逢,只能说明之后他们会发生点什么。

那个男人到岛上后,变得异常神秘,电话也总是打不通,偶尔还是关机状态。等他们联系上,约在海边的小酒吧见时,已经过去好几天了。他在电话里问,能找到吗?那个男人说,当然,我这几天有了线索,有人好像看到我老婆在这个岛上出现过……小酒吧里人少。那个男人喝醉了,倒在地上,嘴里说着:"我一路找了那么多地方,她一直逃,一直躲着我,就是找不到,我不知道她……"他斜躺在座位上,也有点醉了,发出一条信息。那个男人嘴里还在重复着什么,直到他沉默下来,他才走过去,将他扶起。两人出门,打了一辆出租车。他把同学在宾馆安排好后,给那个住在山顶小区里的女人打去电话。

这次相见,反而是他先停了下来,怒吼一声,然后僵硬地倒在床上。女人光溜溜的身体,在黑暗中抖几下,从他身下钻出来。他的手捂在心脏的位置上。

"你别吓我,怎么了?你说啊。"

片刻之后,他的身体开始软了下来。这时,他似乎没法控制自己。女人试图阻止他,试探几次后,也放弃了。她坐在那里,看着他穿好衣服,头也不回地,冲出房间。

他晃到了夜市的餐馆,随便吃了点东西之后,穿过夜市。某种岛上的气息,促使他在街上,精神空白地,一直走,一直走。当他走到原来的位置,一下醒了过来。他不知道这个场景怎么又重复了一遍。那个女人,就站在那盏路灯下。她也愣愣地看着他,似乎已经想好接下来要说什么。他意识到自己正在失控中，于是拔腿就走。这时女人扯住了他的衣服。他的手，在挣脱过程中，触碰到女人的手，那是一双冰凉的手，难以想象的冰凉，如同摸到了一条蛇。

"我们说说话吧？这几天我一直在四处躲……我不想见他（她），不想回去，也无法原谅……"

女人说着说着，发出了轻微的笑声。

我们会问，难道一切不符合她的想象吗？无论从哪个角度来说，这个女人身上都背负着不只一种的解读。

第十三站： 柳河之畔
（全长877公里）

"柳河"实际上为滦河的主要支流，滦河古称"澳水"或"濡水"，源远流长，沿途接纳了众多支流，其中柳河和溦河等九条河的流域面积，大于一千平方公里。总体上说，上述所写的地区都属于这个范围。我们把柳河作为一个重要的线索贯穿在全部叙述里。最后，还是要返回柳河畔生活的人身上。

河畔有个叫许百湾的村子，村子里住着老妇许阿婆。就在她的四儿子许银钿儿离开许百湾，到达巴彦克尔津那年，他们村外的那段河水也差不多快要干涸了。在回忆里的大旱之年，两个健壮的儿子前后饿死在了逃荒途中，害了疟疾快死的许阿婆却活了下来。体弱多病的老三，一直背着半死的她，沿柳河走，一路逃到了河水足够多的地方。许银钿儿再

也没有从巴彦克尔津回来。许阿婆身上的病,一半是因为思念这个死在异乡的小儿子。许银钿儿上面三个哥哥,最爱说话的是老三。当时,许百湾的村民问许三,大部队现在到哪里?他会说,在山西。隔段时间,他们又问,现在到哪里?他就说,刚过嘉峪关。然后,还会严肃地,沉思一会儿,丢下一句,队伍走得辛苦了。隔段时间再问,他说,到哈密,可以吃上水果。那年深秋,那人远远地朝许家大儿子走去,没等对方问,他摸着瘪肚子,迎上去。他握住那人的手,强欢笑地说,队伍到新疆停下,正准备开火做饭,休养生息哩!这时两人肚子不约而同,"咕咕"叫了。后来再也没气力说别的话。

如果,许三的话传到许阿婆那,她每次都要纠正一下:"我们银钿儿在巴彦克尔津!"对方诧异地瞪着眼睛:"不是新疆吗?老三这人说话真是的!"许阿婆只好解释说:

"老三说得也没错,也是新疆,也是巴彦克尔津。"

后来,许百湾村里的人,总算弄明白了。两人说得都对,原来那里是新疆的,一个叫巴彦克尔津的小地方。

落脚在柳河北岸的刘湾村时,他们很少再提这些往事。我们先看看他们是如何生存下来的。当时,北岸差不多是现在这个样子,已经是一个成型的村子。只有南岸——原本的一片野地上建起了低矮的棚房,后来随着逃荒者的到来,慢慢聚集起一片村落。这几年南岸扩展得快,大大小小的棚房在荒凉的堤岸上,打满了补丁。最初,北岸的村民看不起南岸的异乡客。这个矛盾一直都有,只是南岸的人形成一股力量后,才真正显现出来。

在这件事上,北岸人说得最多一句话是:"我们刘湾人在这里生活很久,他们这些异乡客才来几年?"

许阿婆的家在刘湾的南岸,她才不在乎什么异乡客,天下人不都是一家吗?她早些年会坐在门口,跟河边的孩子们说:

"你们说,这河里有什么呢?"

"有鱼,有水,有虾子……"等孩子们答完,她的音调,忽然降低。

"唉,每条河都住着一个魂。"她说着,"每一棵树上,每一座山上,每一间棚屋里也都有。"

孩子们继续听她说。

"巴彦克尔津的人都这么说,这是个地名,它很远很远……"

她的手指向窗外,就看见路口有一棵大槐树,大槐树后面,再走十里路是一段小山,小山下码满一排排小房子之外,只剩下一条通向镇上的乡间小路。

现在,她唯一的儿子许三从这条小路的尽头,走了过来。

在许阿婆活着时,棚屋虽小,却总是特别安宁的。如今,南岸动不动就会热闹起来。盘子落地的声音,"叮叮当当"响个不停。好多人远远地,看着那里说,老太太这一走,许三就变了。

这天,北岸的年轻人,按捺不住看热闹的心情,干脆跑到河边。

"快去看啊,南岸又吵起来了。"

许三和妻子一吵起来,棚屋就会变成一座戏台。挥舞的刀棍,令人眼花缭乱。好多人还记得刘湾村主任冲进人群去,站在他们面前的那一幕。

"你们当这是唱戏?"

两人停下来,纷纷将武器对准他,还拉着唱腔:

"南岸的事,你们少管!"

家住在北岸的村主任气得要死,一甩手就走。南北两岸的疖子时间很久,一时半会儿说不清。

从那以后,北岸的人拿定主意,再不去管南岸这些人的事。刘湾村主任的意思是,这群异乡客,随他们去吧!有人则在旁劝说:

"这次好像不一样,万一死人,可是在咱们刘湾!"

摇摇晃晃的声音还没落地,几个治保委员,已经回到北岸的村委会小院。

"放心!死不了。"

说着说着,看看天色,西边的日头,已经快落下去了。

日头落下去之后,许家夫妻也吵累了,一边喘着粗气,一边收拾打碎的盘子。声音一停,趴在北岸护栏上看热闹的人,就该散了。

柳河边的太多事情都不能引起大家的关心,唯独这事让很多北岸的小伙子,又吹口哨又兴奋地呼喊。没人记得还有谁在刘湾村男人们充满嫉妒的议论中,率先抛出的那个疑问——

一个那么美的新疆女人为何嫁到这种破地方?疑问的另一层意思是:南岸的许三不配拥有一个很漂亮的异族媳妇。

许三背着许阿婆来到南岸住下的第二年,他们就结了婚。那个明亮的上午,绣花帽、绣花衣、绣花鞋、绣花巾——古丽阿姨几乎从巴彦克尔津带来一个"花园"。这个女人一度让两岸的人都很好奇。最初很少人主动跟她说话。孤单的古丽阿姨，经常在南岸的河边散步。河沿的石头上，长着青苔，她走累了，就坐下来，拿手去抚摸毛茸茸的岸。很多人走过去问：

"许三家的，你摸它干吗？"

古丽阿姨，只对他们笑，却不说话。

有一年的大风天里，许三坐上了那个窄小、铺满灰瓦的屋顶。住在北岸的刘湾人一开始也没太在意，就觉得许家人竟干些奇怪的事。

许三一边用手蘸着唾沫，一边不停地按下被风吹乱的头发。忽然，他从屋顶一跃而下。不少人看到许三，在地面上摇摇晃晃，还没站定，就跑起来，一头扎进棚屋后面的一片树林。那时，天已经有点黑。第二日一早，许家棚屋门口就出现那个用圆木枝围起来的篱笆小院。原来，许三一直在树林里寻找粗细合适的树枝，早就在收集材料。

许三的有些举动深得古丽阿姨的心。古丽阿姨是一个单纯、易动情的人。篱笆小院里的繁花，装饰着天蓝色的门窗。尤其是一针一针钩出的窗帘，充满异域色彩，大红花纹配翠绿叶片——这些窗帘都是古丽阿姨老家的人亲手织的。我母亲一直夸她手巧，我父亲曾说过一句话：

"你也是女人,怎么好意思活着!"

话是这么说,他这么说时可能并没想到母亲真把古丽阿姨请来家里做客。古丽阿姨是那天下午,走出了南岸的篱笆小院的。从那走出来时,她特意摘了一束茉莉花,而后拿着花,从石桥上,绕到了北岸,来到我们家。

那次古丽阿姨来过之后,我妈经常跟刘湾的人说起窗帘上的独特的花纹,说起古丽阿姨的老家。其实,只隔着一条柳河,她后来经常来北岸,大家也开始慢慢接受了这个真正的异乡客。刘湾村的妇女聚集到我家,看古丽阿姨织东西。

"许三家的,你给说说。"

古丽阿姨都是手工织东西,她就给她们,比划手上的针:"哦,哦,哦。"

"许三家的,你再给我说说你们老家吧。"

说到故乡,古丽阿姨的眼神总是有些闪烁,似乎不太想说。后来,我母亲才告诉我,古丽阿姨在老家跟一个男人生了一个小女儿。当年,许三去找弟弟许银钿儿,最后没找到,碰上了人贩子。他看她可怜,从人贩子手里买下她。然后,沿着柳河一直走,走了好多天,才回到刘湾。难怪古丽阿姨平时喜欢望着柳河发呆。她跟我母亲说过,找个时候,一定去把女儿也接过来!我母亲就在一旁点头。她叫古丽阿姨来我家,是为了学针线。

这是那年八月下旬,竹针扭结着线,发出的"吱呀"声,让人昏昏欲睡。

每次，古丽阿姨走后，父亲走进门都说，刚从许家棚屋路过，那里的花都开了。那些花都是古丽阿姨自己种的。她说得出很多古怪的花名。她怀孕时，会沾着河上的水，一边在木板上画给我们这群孩子看，一边在口里默念："等它们开花，我女儿就来了。海纳古丽，托特库拉克古丽，这是……"说着说着，眼眶里就溢出了泪水。

古丽阿姨的儿子小宝顺出生没不久，许三就在工厂里出了事故。她不得不抱着小宝顺，去医院照顾许三。许三空着一只袖管，回到柳河边的棚屋时，很多人都愣住了。

古丽阿姨和许三两人，坐在门口的河边时，很憔悴，老了许多。小宝顺倒是很开心，见到对面看热闹的人，就乱喊乱叫。

过了一段日子，南岸又传来了许家的吵闹声。残废的许三还是经常用仅剩的一只手，摔盆子摔碗。有一次两人吵完架，许三去柳河边走了一圈，回来看到古丽阿姨正奶儿子。丰满的奶子摇摇欲坠。她弯着腰，拿着盛满稀粥的勺子说：

"宝顺，快点吃。"

说一句，奶子晃一下。小宝顺伸手，没抓到。她继续弯着腰，说同样的话，小宝顺还是没抓到。

这会儿，许三走过来：

"给他奶子！你爱听他哭吗？"

古丽阿姨瞪他一眼,又弯下腰,把勺子搁在嘴边:

"让你有力气闹!"

话里话外,还在生许三的气。也是有趣的一幕,棚屋的帘子总是掀开一角。似乎她故意让两粒奶子,出现在北岸人的视线里。许三赶紧放下帘子时,南岸上的小脚老太太们就开始轰那些趴在栏杆上看热闹的半大小子。

许三残废后,古丽阿姨不得不出来做零工。每日,天光微弱,她已盘上长发,戴上套袖,站到北岸桥边的油条摊前。那段日子,许三天天大睡至中午,渐渐开始发胖。大家常看到他晃着一只空衣袖,在柳河边晃荡。

突然有一天,多天没见他了,刘湾村里的人才知道他去古丽阿姨的老家办事去了。具体也不记得有多久,只知道那个晚上,古丽阿姨忽然来敲我家的门,我母亲借了她一间房。南岸的棚屋到了那个季节,有些太阴暗了,她想让女儿住得好一点。

我母亲把阳光最好的阁楼借给她,她说,女儿喜欢阳光,她好高兴,终于和女儿团聚了。

阁楼的阳光果然是最好的,视角也好。人能从那里,轻而易举地看到远处,弯曲的河流穿过浅浅的山影。我偷偷爬上去,看见古丽阿姨认真地收拾;隔一会儿,再爬上去,她已经坐在窗口,看着远处。之后的日子,我学着古丽阿姨的样子,坐到门前的门槛上,荡着小脚,看着远处。我不知道远处,除了弯曲的河流穿过浅浅的山影之外,还有什么。

阁楼上传来"叮叮咚咚"打扫的声音,别人问,古丽阿姨在你家?我点头。我才不管村里那些大人们说什么南岸人跑到北岸怎么像话!一条河的两岸本来就没什么区别。有小伙伴问我,每天坐在门口看什么。我也故意学着古丽阿姨那种奇怪的音调,慢慢地说"花"。大概是类似的发音。他们听到我发出这个奇怪的音,就觉得好笑,然后跑走了,一传二,二传三,到后来很多人就都知道我们北岸要迎来一个叫"花"的女孩了。她头上编满小辫子,睫毛会说话,喜欢唱歌——

月亮敲响银色的手鼓,啊咻巴郎木,啊咻!
玫瑰花微笑着随风起舞,啊咻巴郎木,啊咻巴郎木,啊咻!

我们度过了一个夏天。到了那一年的九月中旬,花要回老家了。古丽阿姨和我母亲,站到门口说话,一边说,一边抹眼泪。那天,我也伤心死了。我牵着花的手,死也不肯放开。后来我们从门口走向柳河边,柳河的水波很小,水流平静,夕阳把碧绿的河水染上一层金色。

那天,花一边笑着,一边把那顶小花帽送给了我。

"它叫玛日江朵帕!"

看我没听清,她又指着那个帽子,重复一遍:

"玛日江朵帕!"

"哦,玛日——江朵帕。"

她的老家在很远的地方。我看着她,忽然想起许阿婆经常说的那个长长的名字,我问她知道巴彦克尔津吗?她显然被我吐出的这一长串名字吓住了。

她越摇头,我越继续说:

"就是——巴彦——克尔津——"

"不知道,等你去了我们老家,我带你去找,一定能找到。"

我和花在河边散步的时候,她告诉我很多事。

比如,许阿婆说得没错,她们那边的河水是朝西流的。这样才会跟向东流的河相遇。那里的天特别蓝,是因为有河水的辉映;山谷里的花特别红,是因为有河水的浸润。

她说自己回去陪姥爷——我管花的姥爷叫"带相机的人"。因为,花的姥爷喜欢照相。据说古丽阿姨和许三结婚之后,托人给老人带回去一台照相机。本来还在生气,女儿不辞而别,拿到相机忽然就觉得心满意足了。看来,古丽阿姨跟许三在离家千万里的地方,生活得不错。花来过河边的村落之后的第二年夏天,花的姥爷和花一起来到了我们刘湾。那个夏天,老人脖子上挂着相机,手牵着小宝顺和花,在河边的巷子里走的样子,两岸的人回忆起来,还都说他一个大人物似的!从那时候开始,每年他们都是夏天来,秋天走。

就这样，过了三年。每年五月末，最晚到六月初，他就会陪着花，从很远很远的地方，沿着柳河，一路走来。

我们这些孩子当时都见过这个老人。他始终说着奇怪的语言，虽然听不懂，大家却都很开心。后来，关于老人脖子上的照相机，引起了大家的猜测。许三质问古丽阿姨，你哪里来那么多钱买相机？主要还是因为北岸的小脚老太太们，把相机问题扩大成了别的问题。本来相机只是一个传说。刘湾很小，古丽阿姨的早餐店能挣几个钱？这个问题越传越厉害。她的早餐生意也受到影响，不少村里的男人不再去吃。许三的身体又没法工作，古丽阿姨只好去了镇上。

记不清是不是古丽阿姨去镇上谋生的那个秋天，花的姥爷一气之下，回了老家，不久之后发了大病。他去世后与相机一起下葬，也算了一桩心愿。从老家办丧事回来，古丽阿姨有些着急，我母亲也说，花再来可能就不会走了。

一天晚上，"淅淅沥沥"地飘着雨。半夜醒来，意外听我母亲和我父亲说，搭钱不说，听说还被占了便宜。他们许家这回又乱了。后来，我才知道有几个镇上的年轻人来找古丽阿姨，被许三撞见了。许三单手挥着菜刀，追了出去，气喘吁吁地跑了回来，前脚迈进门，上前就捆了古丽阿姨一巴掌。

"要不是我当初好心，你早死了。要不是我好心，你别想你的女儿！"

看着倒在地上，嘴角淌血的古丽阿姨，许三又说：

"你这是看我还不够惨啊。"

那之后，许三一生气，就指着对岸说，那边有人影晃荡。古丽阿姨就浑身发抖。人们议论说，许三不在家时，河边四里八庄的男人都会排着队，走进古丽阿姨家的后门，完事就在"趿拉"（拖鞋）里放下钱，走人。

这是一个悲惨的故事。许三残废了，古丽阿姨没有清白了。从那些看热闹的人的脸上，常常能读得出几分无奈。古丽阿姨有些无处可去，不在院子里，也不再种五颜六色的花，只是偶尔看到她在河边徘徊。

刘湾的人逐渐听烦了许家的戏。我母亲也不让我去古丽阿姨家了。虽然有些奇怪，但我似乎也有些不想去了，她家前院的花都枯萎了，已经没有了过去的色彩。

那段时间，北岸的小脚老太太，对许家格外关注。那里总是有不知道从哪里来的人在晃荡。只要不到北岸来，他们就无所谓，顶多只是叹气。她们好久不用摇摇晃晃的声音，对村主任说起许家的事了。倒是奇怪，有一次村主任忽然来到了北岸的一溜栏杆前，远远地，朝着许家的棚屋看去。当时还刮着风，许三和古丽阿姨，坐在棚屋前的篱笆小院外，他们一句话也不说，都有些消瘦。大风吹起了院子里晾晒的花床单和被子。

后来，我跟着我父亲从家里走了出去，他和村主任在北岸的栏杆边见了面。我听不清他们在说什么。我父亲是村里的治保委员。他们在北岸的栏杆边谈了一会儿，我父亲就回家把我母亲叫去门外。

春末时，河水大涨，把南岸低矮的棚屋淹了不少。一年中的这个时候，我母亲一般都和邻居们坐在天井旁的檐下搓麻将。她们一边搓麻将，一边家长里短地说话。打麻将的声音和"噼里啪啦"的雨声，交织在一起，成了我小时候入睡的伴奏。后院开满一簇簇的花。透过院子周围的柳树枝，漏下来的雨水，砸落了一片片花叶——这些花的种子都是古丽阿姨送给我母亲的。我从后院回到前厅，几个打牌的女人不知何时停手，正向里屋张望着。我觉得奇怪，也抹了抹眼，似乎在里屋的角落，慢慢看清了那个和我母亲说话的人。

好久没见古丽阿姨。

后来我母亲跟父亲小声说，她好像是找到路子可以把女儿的户口迁过来。她想借一点钱，说还差一点点。

他们还说了很多，不过我没有听清。

关于古丽阿姨的事情，我们从后来的一天清晨开始继续说。那天，北岸早起的人看见古丽阿姨走上了通往镇上的路。那天的天气好极了。古丽阿姨背着那个花包，走到远处时，还会停下脚步。柳河边上弥漫多时的水雾，当时散去了一大半，南岸的棚屋，还可以看得很清楚。

没多少光景，许三已经瘦得不成样子。远远地，看见他一个在河边，和小儿圈的另一个黑点，并排坐着。有人走近了，被许三紫红色的眼睛吓一跳。坐在他身边的小宝顺，用小手摇晃着父亲，一侧空空的袖管。在他疲惫不堪地闭上眼的那天，柳河边围满了不分南岸北岸的人。后来，声音吵醒了更多午睡的人。四面八方传来激起的水花声，水波纵横，像很多把刀，刺得在一旁围观的人眼睛生疼。

看啊，小宝顺躺在岸上，小肚子涨得像气球。泥巴盖住他身上的伤口。围观的人感叹，不是给石头卡住头，人早都被冲走啦！

不远处的篱笆小院，在小宝顺淹死之后，彻底荒了。谁在白天也见不到许三走出那间破旧的房子。只有在晚上，他才会踏着倒下的花茎、落地的叶子铺成的泥泞小路，一直去到河边。

他在那里发出的低沉的吼声，让路过的人听得后背发凉，赶紧加快步伐。那段时间，古丽阿姨没有在家，我们北岸的人白天聚在一起，又增加了一个话题，就是他们会惊魂未定般地，彼此问道：

"昨晚，你听到吗？"

大家以为，古丽阿姨一定伤透了心，出去之后，肯定一去不回头。我母亲也是这么回答我的，她太不幸了，随便去哪，都比待在南岸那个姓许的身边强！

第十三站：柳河之畔

直到她回到刘湾的那天清晨,我才意识到时间已经快过去一年了。情景像第一次见古丽阿姨时一样——她在河面的水雾正浓时,从南岸的一条小路,拐上一座桥,然后从桥上走了过来。她远远地跟我挥手,我叫了一声"古丽阿姨"。她再次抱住我。

我们一起来到家门口,她把我从怀里放下,交给我一个包裹。

"这个,给你妈!我还有事。"

她急匆匆地,原路返回,很快就在南岸的桥下消失了。我母亲从外面回来,接过那个带花纹的包裹,看了我一眼。

"古丽阿姨现在去哪了?"

视线随风穿过那四棵河边的大柳树,就会扫到倒下的一片篱笆墙。从墙边的缝隙,过了桥栏,下到南岸。风还在吹着。棚屋前,又是一片枯枝败叶,混杂着圆枝,在地上打着旋。小心翼翼地,走过去敲门……我们母亲回来之后,有段时间常常在父亲出门后,偷偷拿出那个带奇怪花纹的包裹,在手上轻轻抚摸,却从未打开过。有一次,她紧张的表情告诉我,她又这么干了。她还把一块花色纹路的窗帘,挂在临街的那个窗户上。即使,路过的刘湾村村民纷纷赞叹,父亲仍然什么也不知道,一声不响地,在后院里劈柴。阳光把那些在风中晃动的美丽图案,照得层次更加丰富起来。窗户上偶尔发出轻微的响声,会一阵阵传到阁楼上来。

依稀想起深秋时候柳河上的雾气有些重,很多时候什么也看不见。忽然有一次,应该是在一个雾天的清晨,一阵强烈的光线射入眼睛。那时候我正趴在阁楼的窗口前,一个人影从南岸边一片房子前,匆匆晃过,像是人在奔跑,再多的东西也没看清……

尾声：在剩余的世界里

无论预示着什么，最后一站，总会抵达。它抵达过多少无名之地。那么多年前到如今，仿佛一片漫长而模糊的记忆。所有事件成为一件事，所有生活汇成一种生活，一切都在彼此寻找着关系，一切都即将失去自己。

抵达，就是选择了一种命运。因为我们没有必要，为以前的经历作补偿，我们偶然漫游到草地上，发现另一个人的命运与自己非常相似，这就是我们找到你的过程。

或者，让我们这么说吧。你必须想象风从距离零公里处，上百公里的地方吹来，带来雨水，洒落在窗户上。你必须想象某处小城外围的大海，寂静而沉闷的冲击和推浪。想象一段修建中的长路，一片小区里的草地，一片寒冷的森林，一张广场上的椅子和一些孤单又敏感的人们……想象某人躺在剩余的世界里，想象他是你。你必须想象你自己在问这个问题：我们中，是哪一个曾寻找另一个？

——根据美国诗人马克·斯特兰德（Mark Strand）诗作《纪念碑》改写而成。

附 录

不是一出戏剧（两幕话剧）

"过去，上演的并不是一出戏剧，而是一种真实。"

——彼得·汉德克（Peter Handke）

剧中人物

德先生——作家，某类文学的代表人物，老去一代。

赛小姐——记者，知识新贵，资深艺术爱好者，年轻一代。

事情发生在某海边小城中部，时间是盛夏时节。

第一幕

〔舞台之上,一片漆黑。很快可以听到窸窸窣窣的声音,只是无从判断声音是从哪里传来的。声音,徘徊在黑暗中。

〔布莱希特说:"最小的社会单位不是一个人,而是两个人。"他们慢慢地,自布景深处,灯光最暗淡的地方走来,构成了这出戏的"角色"——德先生与赛小姐。时间是某年某月某日的一个午后,这天赛小姐去见德先生的路上,忽然想到这个场景。事实上,他们彼此象征的东西,早已无人记得——其实他们本来是有象征意味的。我也暂时忘记,也许名字只是一个无意义的代号——我们眼前的"角色"何尝不是?当我在纸上书写他们,你们在眼前的舞台上欣赏他们,这场遗忘也就算正式登场了。当然,如果我们可以把记忆原封不动地搬上舞台,一切又另当别论。舞台布景是一辆车,布景板的变化,说明车在运动中。作为一家杂志的记者赛小姐,她坐在车里,一双白皙的手,平放在膝盖上,她的裤腿,微微颤抖。到了这时,舞台上有一块巨大的屏幕,同样是一双手,在翻动书页。一串书名:《LIFE 生活》《视觉》《DETAILS 细节》《Conde Nast Traveler 旅游者》《WIRED

附录:不是一出戏剧(两幕话剧)

连线》《MAXIM 箴言》《THE FACE 脸孔》《COLORS 颜色》《Stuff 素材》《Horizon 地平线》《The Nation 国家》《Money 金钱》《Focus 焦点》《allure 吸引》《Q》《W》《I. D》《IDN》《Granta》《Re‐Magazine》《i‐D》《GQ》《n+1》《Monocle》……凡是出现一个上了年纪的男人照片，画面都会稍微停留一至两秒。

一个声音：德先生！德先生！（赛小姐回头，身后却空无一人。）

〔德先生与某位采访者曾发生过一次争辩。他当时勃然大怒并不是莫名其妙。采访者一脸茫然地，站在他旁边。那个时间尤其漫长。德先生不愿发生这一幕，又等待着这一幕发生。当然这都是因为"他不是你想象中的那种人"。你面前是一个压抑的人。一个简单的人才能做出一些复杂的事。从第一个——极其简单，可以说幼稚的问题开始。一个声音说：因为"老师"的称呼显得年纪大吗？德先生说：当然不是，人都会苍老，这是一份虚伪的尊重。"老师"一定要教什么东西，而我显然不能教给你什么。一个称呼，我太当真？这是真实感受。人人都渴望真实，不是吗？今天，我们为一部你根本不感兴趣的作品坐下来。我可能还要感谢你，这是工作。天黑之前采访完，你就可以交差了。晚上再吃顿好的，看场电影，把所有我们说过的话统统忘光。人都活在想象里，不用否认，我可以接受。一个声音说：最后一个问题，现在正发生的一切跟刚才那个电话有关吗？您离开以前，我们已经——哪怕是虚伪地，谈了三个小时二十分钟。

〔一个小时十八分钟前，赛小姐手提绿色皮包，坐上车，上车后她拿出手机低头发信息，再次确认地点、时间。没有回复。德先生最近几年才使用短信，以前只接受电邮访谈。这本叫做《云雾制造者》的图文书，从电话时代写到了微信时代，也就是说，德先生如此固执地滞后了一个时代。赛小姐所在的杂志社叫《快线》，它的文化专访在业内很有名——快线不是"速度"的意思，而是"直接"的含义。没有回复。采访前七十二小时三十七分钟前，赛小姐曾发出一条短信。德先生回了一段话。这段话出现在舞台上的那块巨大的屏幕之上：《不理性的人终将消亡》你读过吗？你觉得第四幕如何？

〔赛小姐在书柜西南边，一个束之高阁很久的格子里拿出这本书。一束光打在舞台西南角的一处，我们可以看到书桌上有一本特殊复印版本的书。头顶打下一束光，她拂去尘土，扭开台灯，坐下来。这出戏剧的最后一幕是"奎特奔跑着，头撞向岩石。又站起来，继续撞向岩石。过一会儿，又站起来，再一次撞向岩石。他最后一次站起来，撞向岩石，倒地不动了。"静场之后，是一个很"西西弗"的落幕。

一个声音：说了半天两个人。那么一个人呢？
另一个声音：一个人只应被看作是另一个人。与其说平等，不如说相等。（这句话后面划了一个大大的问号。）

〔赛小姐为了德先生的新作《云雾制造者》要去做一个采访，采访路上的想象属于所有观众——阳光暴晒的地面闪闪发光。往前行驶，公路左边的河水，安静地流淌。河中央停着一艘清理河道里，淤积藻类的小船，开始也看不见人。河岸上有一片栎树林，阳光自树梢划过，照在灰白的飞檐上，底下是一个灰砖的建筑——栎园。在那里，出现了两个人。而后他们一起走进栎园前庭的咖啡厅。咖啡厅的名字叫"陀山堂"。这个时间，到栎园参观的游人极少，炎夏周末，也许就该这样，穿堂风吹过，树梢偶尔发出沙沙声。事实上，他们可以看一眼天空。齐奥朗在《思想的黄昏》里说："为什么人们不膜拜云彩？因为它们在脑子里比在天空中飘浮得更轻松？"很多人喜欢引用齐奥朗，那个格言制造者。因为并不认识这个罗马尼亚人，只知道他在很遥远地方，孤独地制造着类似的话。孤独的人，是受诅咒的人，孤独也让人害怕。他们不在乎他没有说什么。一切都借他之口说出。

〔赛小姐与德先生坐下来后,那个"沙沙"的声音完全消失了。这里恢复成一个寂静之地。这时有必要介绍两个角色,他们的年龄差十分明显。准确地说,在这出戏里,角色的生理年龄相差二十四年。时间足以让一个腼腆的人变成一个咄咄逼问的人,或者这么说更具体一点:让一个平凡女孩变成了一个亮眼的女记者。赛小姐读完图文书《云雾制造者》,提出采访德先生时,杂志社按常规给德先生提前寄去几期杂志。那几期杂志由署名"赛小姐"的人撰写《卷首语》——卷首文字需要的,不是清晰的思路,而是模糊的意味,是暧昧诱惑,也是表明态度。这些话可以是无意义的,也可以是意义万千的。有一期卷首,写音乐史主题,那段文字叫《希望之乡》,写了音乐家格什温与以"艰深"的十二音作曲法,闻名于世的传奇作曲家勋伯格的故事。为什么选勋伯格?德先生觉得勋伯格的音乐是严格的"数学",不太讨人喜欢。事实上,人们只知道音乐感性,是有规律的排列,但它还不是严格的数列——尽管音乐与数学有着很接近的关系。

〔舞台上忽然响起一段广播声:1935年勋伯格流落好莱坞;希特勒掌权,他宣布放弃作曲,"将来只为犹太复国努力";他像摩西一样,明白希望之乡非己力所能及;

像拿破仑一样,晚年流放他乡。这两个人恰恰是德先生的偶像。那篇文章最后一句是"叙述之外,才是音乐。"

播报结束,全场陷入了沉默。这种沉默是德先生与赛小姐的谈话的一部分,没有沉默,他们的谈话就更不好理解了。黑暗中只有一束光,照在德先生坐着的位置上,周围极其安静。不断有些人影走过,突然响起一个刹车声。一束灯光亮了,赛小姐正关掉录音笔。

赛小姐: 学音乐美学专业的朋友告诉过我,在音乐里,丰富、有序就是美。无调式调性是无调性之序,序列之序。勋伯格的素材是相当丰富的。人只是习惯了现有的五声调式体系和大小调体系,如果一开始音乐接触的是无调式调性,勋伯格就是巴赫。

德先生: 这么说很有意思。1902年2月弦乐六重奏《升华之夜》首演时,音乐厅还会造成轮乱。那是一个争论的年代。其实,它完全是一个浪漫派的作品。主要是人,也就是事实以内的东西,而并非音乐上的"表现"。勋伯格的音乐中有一种让观众反感的东西,这种东西,持续到今,谈论不止。

赛小姐:(十二音的)平等是美好的愿望。

〔赛小姐把音乐家更多地看成"可以自由组合序列的

人"。音符与音符之间的关系,不为取悦听众。一种自我悄然出现了。

德先生:你知道我最佩服勋伯格哪点吗?勋伯格的音乐有自己难以捉摸的内容,也没有柔情的尾声,或美妙的颤音。新世纪里勋伯格被视为与文学圈的乔伊斯一样,改变了人类对艺术形式的认知。这个叫游戏有些复杂,解开密码,就能像多米诺骨牌一样,推倒音乐路上所有阻碍,获得最深刻的感官满足。阅读乔伊斯那本大厚书时,很多人也有这个感觉,抱歉我谈了我不在行的东西和我没读完的书。

赛小姐:勋伯格比很多人强——他相信——最开始的相信不算什么。多年后,他承受着人们的敌对情绪,还相信"有一天,送奶工也会吹他的曲子,而不是普契尼的吧"。这是一种这个年代亟需的精神力,艺术作品最重要的,就是这些,而句子和段落的才华,总会看腻。

德先生:对,他至少是一个开朗的人,用音乐建造了一座庇护所。他的作曲理论影响很多人。继续谈的话马上就会谈到斯特拉文斯基。现代主义音乐。勋伯格与他的名字连在一起。斯特拉文斯基从决定论的时代,活到了偶然性的时代。他有个形容很有意思——那时候的人受着"枪由于扣动扳机而射击"这样简单道理教育长大。我一直认为,现代生活中的每一个简单事实,都是由过去积累起来能力的整个宇宙所

附录:不是一出戏剧(两幕话剧)

决定的。一个慷慨地用教条式的概念解释自我的世界瓦解之后，以心理分析概念解释问题的世界诞生了，包括他的音乐。而那些理论，还要留给懂的人去继续研究下去。

一个声音：将你的生活局限于你自己，或者最好是局限于一场同上帝的讨论。将人们赶出你的思想，不要让任何外在事物损坏你的孤独。

德先生：又是那个罗马尼亚人说的吧！

赛小姐：是的，就是那个格言制造者。咱们回到文学，回到当代的话题吧，因为我不知道您为何十年后再次写一本《云雾制造者》这样的书。书里面定义了新的东西，应该如何定义文学呢，或"文学死了么"？问题是这样的。

德先生：当代是当代，当代有那么多元的记录方式，文学似乎因为被我们熟知的传统绑住了。我没有定义文学，我觉得文学也不是那么狭窄的，所以我干脆把云的样子，真正地呈现在读者眼前，摄影有这个价值。1922年，摄影家施蒂格利茨写道，云没有任何特殊性，它是完全自由的……我要逐渐让我的照片看起来更像照片，而不是云彩。这样当别人在看照片时，就会比较自由，而不会被我的拍摄对象绑住了。对，绑住了。我不觉得，当下社会环境下产生的任何文字都能记录当下。那也不是文学。美好的、丑陋的、精确的、宽泛的……无疑都是虚幻的。那是一种什么传统？只有先讲一个故事了。前几年我接受大学文学院的邀请给年轻人讲课。

我听到很多奇妙的想法，并对课堂上的几名学生印象深刻。五年后的某天，我看到一篇非常差的文章，同时我也接到很多人的提醒，让我关注那个作者，他曾是我的学生。我好奇他是谁呢？后来想起来，这就是文学院里表现最突出的几名学生之一。如今他操着和大部分人一般陈旧的语言，说着人们希望他说的话。这个系统，写作、发表、出版、评论、加入协会……我真想告诉他，这么走下去，我将是他的终极目标，一个虽十年不再创作却依然拥有话语权的老头子。这个系统的运作程序将伴随一批又一批的驯服者走入衰亡。我很愧疚，坐在这里大放厥词，却做不了什么。没有人有更好的办法叫住这些年轻人，这些人精神统一，笔直向前……

赛小姐：您真的不能做点什么吗？

德先生：我也是这样的人之一，我不想回忆那些事了，却不断看到类似的人。我在这本书里很少写我熟悉的人，我向往陌生，陌生至少通向我不确定的地方。有些人拍照是为了留下某些记忆，这只是一个方面，拍照也有忘记的功能，为了绝不回头。

〔场上有些安静。谈论逐渐涉及德先生的一本摄影集《错过》（伽利玛出版社，2005年第1版），德先生有些抵触，他在座位上，仰了仰头。一丝风都没有的夏日午后，时间好像不是时间。

德先生： 在拍下的那一瞬间，记忆会消失？如今谁都会拍照片，白天拍，晚上就用它——而不是记忆——确认这一天的存在，恍惚间成了我们生活的重要主题，"记忆"被数码或胶片介质存储，像把它放入一个抽屉，它还是它吗？它会孕育出新的记忆吗？这段记忆与现在无关，只与昔日和未来相关。留不留恋过去，它只有"过去"。因为我们不再需要记忆，人对未来抱有同样的复杂心情。也许听上去很奇怪，法国哲学家布莱兹·帕斯卡尔《思想录》里说过："人类时常分裂，反对自己本身。"照片的确足够温柔——无论内容是什么，至少它发生了，逝去了。人只是看似坚强而已，人类恐惧意外。意外往往代表着即将发生（而不是我们这样轻松地谈论）不祥之事。

赛小姐： 前段时间还有时尚杂志刊登过……

德先生： 摄影已经变了，它的阴影，像时尚核心，强调自我，遮蔽自我。遮蔽行为中包含着"呈现""强调"这种完全的逆向选择。大开本、全彩印和微距镜头下的黑白图片之间的对比，这种呈现或遮蔽的相反交叉，让人的视线变得热烈。在生活之中，它吸引过客的视线，成为焦点。人对思想从来不感兴趣——请原谅——叫人感兴趣的，是另一种时间。我们在乎距离，人与人之间的距离，产生了一种近似于尊敬的假象。一个人总是幻想着有朝一日大于所有人。

〔所有人可以是马克·吕布、阿尔方斯·穆默·冯·施瓦茨恩斯坦茨、伊斯特·奥尔末、塞西尔·比顿、阿瑟·罗斯坦、赫伯特·克莱伦斯·怀特、唐纳德·曼尼、西德尼·甘博、威廉·埃德加·盖洛、青木文教、约翰·詹布鲁恩、喜仁龙、小川一真、三本诚阳、山本藏七郎、岛崎役治、山根卓三、关野贞、竹岛卓一、伊东忠太、常盘大定、村田治郎、水野清一、亚瑟·德·卡法卢、恩斯特·柏斯曼、汉茨·冯·佩克哈默、斯尔格·沃特加索夫、海岚·里昂、卡尔·迈当斯、哈里森·福尔曼、海伦娜·哈佩诺特、赫达·莫里逊、爱伦·凯特琳……

德先生：从这些洋人——也许我这个年纪的人喜欢使用这个称呼，我们看到洋人眼中的十九世纪的中国。我始终记得有两个人都是开照相馆的，他们拍下了生动的北京。技术帮助了它们，也推动了历史。那个俄国人叫斯尔格·沃特加索夫。他后来去了香港之后再无消息，人间蒸发，留下的照片也很少见。另一个是美国人约翰·詹布鲁恩，他的照相馆开在使馆街，他后来回了美国，也在国人的视野里消失。2015年时曾回到中国办展——我看过这个人不少照片的副本。我在一个照相馆长大，父亲经常给我讲摄影的故事，准确地说，应该是镜头里的人的故事,很少讲拍摄,我也不关心显影、定影,那是技术。现在回忆起来,卤化银味道的记忆挥之不去。后来我一个人去……就像去找某些人。有时候人不知道自己在找什么。个体的概念出现之后,恐惧感随之而来。离开所有人。离开出生地。画家马克·夏加尔在自传《我的生活》最后写到"我亲爱的人们,你们看见了,我又回来看你们来了。我在这里很忧伤。我渴望的唯一事情,就是我画的画。"他在出生地俄罗斯,是这样的感情。艺术往往属于这样的人。后面还有一句"我对它们来说,是个无法理解的人,是个陌生的人。"到了这个年纪,陌生有些可怕。那里也消失了,不是思想意义上,而是实际意义上的,看不到它,我会怀疑自己。

〔本来这里是赛小姐的提问。她通过塔可夫斯基的电影问起了乡愁如何处置,德先生的上述回答,等于什么也没说。

广播声(或者质问声): 剩下的都是沉默。你干吗不动?你在等谁?你在哪?余下的皆为偈语。我有什么感觉?我要去哪里?我在想什么?我是谁?……如果不是被省略号打断,这样的叙述将会进行到哪里?一个世界?一个王国?"叙述的阳光会永远普照在那只有伴随着生命最后一息,才能够被摧毁的第九王国之上。从叙述王国里被驱逐的人,和你们在一起离开那悲伤的本都,返回吧。后来者,当我永远不在这里时,你会在叙述的王国里找到我,在第九王国里。"请牢记汉德克1986年创作的小说《去往第九王国》里的这个节奏。五年后,一切都变了。汉德克成了一个"梦幻者",只好告别了……因为他又写了一本《梦幻者告别第九王国》。

〔窗外的阳光从璀璨到黯淡,再到璀璨。我可以看到,德先生坐在阴影中,微挺身子,支撑在胳膊肘上,那是一张苍老的笑脸,那代表着一切都变了,准确地说,是过去了,人们是否该清醒?

赛小姐:我记得您有一篇文章提到的"第九王国",就是从这里来的吗?
德先生:对,叙述万岁!

〔那时德先生还跟女朋友在一起,那是他的第四,不,第五个女朋友住在乡下。乡下的日子,静谧安详。喝了点酒之后,德先生放松很多。

德先生:第四个女孩——这么说吧,我希望我记住所有与我亲密过的女孩,可我在她走后,还是无情地忘了她。脱口而出"第四个",一定有什么东西召唤了我。女孩叫AU,学电影,我年轻时拍电影,我们在一个星期之内,打得火热,爬山,散步,看电影,唱歌,没有睡在一起。她不允许我进行最后一步——我们赤身裸体在屋里追逐打闹。我抱着她时,还会想起那刚分手的女友;我亲吻她时还会幻想她之后的女友,我进入她时却什么也没有想,可是我进入她,那一下最终被避开了。是的,一个星期。一个星期后我在一个晚上收到一条短信,内容是:"我知道我们不在一个世界,我们只是互相的阴影。我希望你记得我,一直记得我。"电话无法接通。后来我也打过,更不知道说什么,于是又挂了。年轻时的记忆充满了这种情绪。不全是恐惧,却代表着某种青春。很多人的青春是一种无惧。对了,AU拿走了书柜上的一本书,我忘记是什么书,她爱穿着小吊带、牛仔短裤,拿着书,到处走。她总是假装读书,一些艰深的著作更适合她这种人。书写就是以假的故事对假的世界,真的世界里才有真的情感。我那时开始学着把一件事说得含混,这是一个遮羞的好词——繁复、多声部、无主题、自动写作等等,都是她告诉我的,然后我在她亲吻我时,朗读新写的作品,直到高潮那一刻。我的朗读是呐喊,也是颂歌。我想可以这么说。我不会让人看到,这种浪漫的场面。我会用各种方法,让读者看不到我想说的事物,重要的是,又感觉到它们存在。含混、回避意味着深入、追索。现在,我好像刻意保留了一部分的

"云雾"。一个人很难改变风格,既然已经是一种风格。在事物面前,真理愈辩愈明的时代,紧接着是一个故事越说越乱的年头。人人都为自己辩护,一边做自己,一边对外呈现"非自己"的一面,比如摄影圈一直流行修图。没有事实,只有寻找事实的过程,在这个过程中,我们不仅会被外界影响,也会被自己左右,人人堪称"云雾制造者"。

赛小姐:这是这本书名的来历?我觉得《云雾制造者》这本书没有主角,甚至情绪也是碎片式的,每个人都带着他们自己的状态,然后形成一个谈论的架势……

德先生:他们必须喋喋不休,就像整个时代。

〔透过舞台上敞开的窗子,布景板上是一片夏日的午后景象。有树,有河流,有三五人影。德先生在沉思,在等待,所有幻景和那天的用餐的场景一致——忽然一个沙哑的、迷人的、歇斯底里的、像被酒弄哑的声音传了过来,AU在我身后轻打了一拳:"您要马上喝汤吗,怪家伙,云彩贩子?"熟悉的场景消逝了。这句陌生话被引用在这本书中。(原始文本可能来自波德莱尔或巴尔扎克?科克托或叶芝?)在这些想起来和想不起来的场景之上,是一片浅灰色的云彩。

德先生:那时候有人开玩笑似的叫我"云彩贩子",我不记得那是谁了？真的忘了。但记得这个发音，云彩——贩子——就是这么来的，我只是想起这些。大部分人喜欢丰富已有（已知）事物。这一点应该看得很清，解释没有尽头。只有通过已知事物，才能最终超越已知。T. S. 艾略特将其称为"征服"，洋人热衷此道。（艾略特的那句话是："通过时间，才能征服时间。"）

赛小姐：《一年中的三个时刻》呢？事实上，您的一些照片比文字流传得广……这与时间有什么关系？

德先生：照片，还是流传？摄影家们说，摄影是一道光，我可不敢这么说，我更喜欢黑暗，在黑暗的地方，孤独就是一道光，默默地复制一遍"孤独"这个主题。比如，我在《云雾制造者》开头，写的那段孤独，发生在三个场地，或者说关于三段旅行之中。那是从夏多布里昂那里拿来的，他写到过一句话——"每一个人身上都拖着一个世界，由他所见过、爱过的一切所组成的世界，即使他看起来是在另外一个不同的世界里旅行、生活，他仍然不停地回到他身上所拖带着的那个世界里去。"

赛小姐：我觉得在文字背后，您还拍摄到了不同的世界之下，埋藏着的东西。或者叫"提示"，让我们去看一看。

德先生：这些地方未必有人会留意——即使它促发了某些特殊的感情，组成了某一个世界——而我恰好出现在那里。或许是我们所经历的无法逃避，所以必须学会处理的议题？

和这些时刻沟通的过程，就是靠照片呈现。我忽然想到，眼睛看到的，是这些流动的盛宴。

〔海明威说，为书籍感谢上帝的恩典。为所有书籍。当然也包括德先生的这本新作《云雾制造者》。赛小姐停了下来，喝了一口咖啡。窗外风景没什么可看的，反而能更专注。

德先生：时代的一粒灰，落到人身上便成了山，轻飘与沉重都在一瞬间。

赛小姐（看了一眼窗外）：我来的时候，其实很想问一下，您是何时开始把摄影和文字"互相渗透"到一起创造的呢？我注意到，你之前接受采访时，用了这个词。这个词很化学。我是说，您是这个意思吗？我看资料说，《零公里处》好像是您认为代表性的。

德先生：那已经过去了，不过我至今钟情于"零公里"这个概念，它既是开始，又是结束，"零"在文学里象征无限。我真怀疑那些对着过去种种侃侃而谈的人，他们的记忆，好像不随时间流逝，如果这一切都是真的。不随时间流逝的时光，可能毫无价值。音乐和读书都是有时间性的，摄影就更不用说了，有些事真的需要情景，才能推开那道门，走进去。在某个时刻，深深感动。我有必要这么说一下，因为好多人会问我一本书和另一张照片的关系。你可以刊登出来，免得我一直重复。我想说的，都在书里了，我们今天就很有意思，你不觉得吗？我们在既成事实——这本书或那本书之外，在你想问和我想说的话题之外，在外在的外在。

〔天黑后，赛小姐接了一个电话。德先生等她回来，已经把那杯茶喝完，他说，今天有点累了。"风景是栖居者的生活处境，更接近于一幅幕布，人们的挣扎痛苦、成就辉煌、意外事件，在幕前一一上演。"如果只是读过约翰·伯格的这句话，显然没什么用。在"风景也有着传记性质和个人色彩"方面的话题上，舞台上的俩人，将继续探讨下去。

第二幕

〔同一个舞台,时间在下午至黄昏之间。背景不变,仍是那个古老的庭院,德先生与赛小姐面对而坐。窗外阳光——来自舞台上方的散射光——是金褐色的,两人头顶的阴翳,不断加深和蔓延着——这应该是一种富有深意的情景。

〔德先生自始至终,低头翻阅一本书,看上去略显疲惫。

突兀的一声: 上帝?

赛小姐: ……既然如此,那您相信什么?(语速有些慢,并且看了看窗外,然后迅速转头,对着德先生。)

德先生: 只是海明威的一句话而已,到了我这个年纪,相信或者不相信都不代表什么。因为,一切已成定局,是真的,不可扭转。上次分开之后,我在想我们谈论的那些,是不是同一个东西?以前,我是说很久以前,谈论就有这种困境。大部分的话都是单向地被保留下来。哦,海明威的那句话啊,我说过没有?热忱的读者往往会陷入对所读东西的依赖。书籍——也许就是因为它们在形式上给人一种已成定局的感觉,这不是一种好感觉……布罗茨基说的,不是我。我偶尔会想起一些人的话,并没有刻意去记。没办法,书对于一部分人来说是日常,犹如另一部分人吃饭、工作。我不反感区分,想不通问题时我就往前推演,书就是纸(电子书是电子源代码),纪录思想,抒发情感,或纯粹解闷而排列的字符,或者别的什么。任何时候谈论都只是针对一部分人。我为此写过一本书,为了不想谈论而写了一本"谈论之书"。

赛小姐:每本书里都是一个有故事的人,它们闪现街头,当一个人发现他们,"阅读"发生在瞪大双眼,驻足凝望的片刻。

德先生:是有点扭捏!我其实每次听到别人读我写的句子都有些羞愧。它很像我认识的另一个人说的。经过一番所谓"文学式"的形容之后,读书成了这副样子。我愿意谈读书是因为读书好谈。"……把美丽的词句含在嘴里,嗫糖果似的嗫着,品烈酒似的一小口一小口地呷着,直到那词句像酒精一样溶解在我的身体里,不仅渗透到我的大脑和心灵,而且在我的血管中奔腾,冲击到我每根血管的末梢。"爱情最终会失去,我们最终都会合上书。

赛小姐:赫拉巴尔写的已经不仅是人与书,还有书与记忆,记忆与爱情。那本薄薄的《过于喧嚣的孤独》以打包工汉嘉的名义,写了一份爱的宣言。书的开头一行也将它称之为"爱情故事"——"爱情故事"包含了神圣与日常两方面。

德先生：不少人读过这本书。你说得对，现代年轻人喜欢谈日常，最好是神圣的日常。这本身就很矛盾。既有神圣化的阅读体会、精神性的形容，也有相当日常化的，比如书的价值在于"这些思想会扑扇着翅膀在空气中飞，在空气中滑翔，依赖空气生存，回归于空气，因为归根结底一切都是空气。"思想先不管它，空气是日常，谁也不能不呼吸。

赛小姐：为什么现在谈读书看上去总有些自恋？我也觉得，人都是矛盾的。有时候，会觉得一切都是为了适应这个矛盾的世界。

德先生：有个法国教授叫皮耶·巴亚德，说过一句话："在一个无限出版的年代，一个真正有教养与涵养的人，并不需要读完每本书。"有人知道，如何以有限的时间对应无限的书。书已经不是书了，是一个故事的"麦格芬"。一切都是失控的。这些问题，比思想更叫人困扰。你刚听到了吗？刚才"砰"的一声。窗外充满了失控⋯⋯

〔从他们身边的那扇窗向外望去，公路上，远远的地方，一群人在围观，谈论只是转换了内容。从当事人到围观者，内容千差万别——大家正在同一个问题上深入？那群人说什么无法知道。这个车祸的消息经过传播，很快很快就会改变味道。人群中的两个人，后来也推出人群，有些沮丧——通过步伐可以判断——他们走进陀山

附录：不是一出戏剧（两幕话剧）

堂，在一个角落的桌边坐下来。就在德先生身后不远的地方，两张桌子的距离。德先生可以听到他们窃窃私语。私语像人谈论读书似的，小声而秘密。或者只是不想打扰"一场车祸，一场简单的伤亡，变成人为谋杀"。奥地利作家穆齐尔，活着时出版"遗作"。他也是在作者和文字本身的一种拉扯局面失控前，自己率先出手。在这本只有147页的《在世遗作》中，"遗作与歇业而清仓大甩卖有某种可疑的相似之处。"他写道。谁也不想让一件事和另一件事牵强地发生关系，以至于那也许会形成崭新的，关于谈论的隐喻。

德先生：我近些年格外关心隐喻在生活中的形式，《云雾制造者》里有一个隐喻，是关于情感的，准确地说是一只鹦鹉。不晓得你是否看到了。对，栎园先生周亮工在《因树屋书影》写到"陀山鹦鹉"。我记得那个句子是"昔有鹦鹉飞集陀山，乃山中大火，鹦鹉遥见，入水濡羽，飞而洒之。天神言：尔虽有志意，何足云哉？对曰：常侨居是山，不忍见耳！天神嘉感，即为灭火。"（赛小姐点点头）

德先生：后来在书的后半部分，我找到了第二个隐喻，关于我以前很少谈论的电影。我年轻的时候热爱电影，我觉得运动画面，形成的似动现象特别神奇。似动其实是有隐喻的。采访前，我还想过，这本书讲的是隐喻本身的故事，并不隐喻任何事。这么说，可能更准确。

赛小姐：您还没说那部电影。

德先生：是这样的，一个男人在街头晃荡时发现一个小房子。房子虽然破，女房主坐在房里外面。她蓬头垢面，对所有外来人虎视眈眈。当男人走近房子时，女人站起身，不等他说话，就开始破口大骂。男人吓得转身就跑。女人怎么了？房子里藏着什么？这个男人为什么想走近他人的房子……我也一样好奇。这一幕发生在1954年8月的一个下午，男人名叫费德里科·费里尼。那条路在片场附近。当地人告诉他，那所小房子作为非法建筑，即将被拆除，女人的行为是在保护家园。后来费里尼小心翼翼地继续工作，而那个女人一直盯着这群忙忙碌碌的人。晚上，女人相信，那个男人并没想拆掉她的房子。在她无聊地走开前，她还丢下一句话：我的生活要比任何电影都有意思……

〔去年，德先生曾遇上过一个女孩和一个男孩。那个咖啡厅很小，两个人对坐，总像要发生点什么似的。男孩偶尔离座，去柜台取食物。女人的眼神追随着他。一年后，咖啡厅里也出现了一个气质相似的女孩。德先生没有看到男孩。这个女孩与一年前的女孩有着相似的长相和身高，眉眼灵动。咖啡厅外的夜路上，平时有很多游荡者。外国有个海滩，因为那里太冷，好多能忍受寒冷的人会在临死前更慎重地选择一次,那是产生转机的地方。

德先生:我就想看了一部部的电影,你见过这样的人吗?现在为止,我每年冬天都去同样地方,相同位置,所有事情尽量和那年冬天保持一致,却再也没有遇上那个女孩——其实,这个结果我早就知道,之所以走一趟,还是出于一种莫名的心情。

〔那个女孩的眼神,我始终记得,我还把她写进了书里,就在《云雾制造者》第三章,从第二段开始,那个在主人公生活中一晃而过的人就是她。她让第二年寻找变得有意义。恍惚之间,你会觉得这个世界上有谁会需要我这种人,为什么需要?连费里尼也认为,当年那个朝他冷笑的女人心中这么想。这个女人后来有机会再见到费里尼时,对费里尼敞开心扉,她把自己的生活和从别处听来的、电影里看到的事情混在一起。她情愿自己苦苦地相信,自己极其不幸的生活,如同她所描述的那样。我知道,根本无法改正,或修订正在经历的一切。生活进行着。只能在事后凭借经验和逻辑,将此前发的每个环节互相关联。那种坐在黑暗中的感觉会让人觉得安全,至少不会……忽然被门口的车撞到。我在书里,引用过阿多尼斯的诗句——

> 世界让我遍体鳞伤,但伤口长出的却是翅膀
> 向我袭来的黑暗,让我更加灿亮
> 孤独
> 也是我向光明攀登的一道阶梯

赛小姐:我一直不太清楚,书写黑暗的动力在哪?黑暗是单纯的心理,或者又是一个时代的隐喻?

德先生:黑暗是土壤,对!我没想过这些故事意味着什么。黑暗可以包容人的各种状态,倒是事实。有意思的是,人在黑暗中反而容易看清事物。黑白之间,还有另一种颜色,就是灰色。灰色也是影子的颜色。在我们的判断里,暧昧是它的意义所在,黑暗的意义在于光明。卡尔维诺《收藏沙子的旅人》里有一句话——"每一种灰一旦解构成光与暗,明与翳,球形、多面体或扁平的颗粒,就再也不能被看作一种灰,而直到这个时候,你才能明白这种灰的真正意义。"我最近在读这本书,写完《云雾制造者》之后,我有些表达的疲劳,好多问题摆在那里,也许是云雾散了?我觉得总得想办法去面对。

赛小姐:问题在增多,我觉得一切都在增多,电脑的存储量也在变大,我们说的话也越来越多,最后……

德先生：最后，我们迷失在谈论里。听上去这是很适合我的书。上次做采访的地方，你还记得吗？我那天去晚了，在园子里绕了半天。没想到这地方还有这么一个地方。

〔这里的山由石头组成，人崇敬石头，石头里有神，有神降临其中。往里走是一条水渠，"水"在庭院中则使用石头和沙子表现流动之水，水是一种特别能带给人凉爽感觉的事物。与人相关的事物，就一定会带上无偿的宿命。无论从设计到管理，还是自然侵蚀、地理变迁、自身损坏、管理人员的流动等等，都决定了它的美是短暂的。"庭园是一种受无常命运摆布的艺术。这种性质使后人不易了解庭园的历史。"通过眼前的所见，没人准确知道它曾经的样子。人的想象力越大，它最美的样子越清晰。在此地讲过的话，一定也带有此地的魅力。语言会感知到它的存在。在我们语言与要诉说的经历之间，存在着巨大的差距，这差距在我们看来是一条不可弥合的鸿沟。这句话引自罗伯尔·昂代姆作品《在人类之列》。很有可能，他们谈论的也不是一个问题，他们在围绕看似相近的事物，制造云雾。在这些事物之间，有一个由记忆和遗忘组成的模糊地带。在迷雾之间，这个区域始终隐隐地，向我们——也许是对着未来的读者——发出信号。"云雾"是这个地区的标志，也是云雾时代下的生活主题。生活的经纬是由魔力之线织就的，这些线如此精妙，组成的图画于理性而言晦涩难懂，但或许它们恰是连接起相似灵魂的纽带。人与人之间的对话——为了弥合分歧，阐释思想的方式；或是单纯为了记住，在与一位友人的对话所营造的私密感之中。

〔对话发生在作家德先生与记者赛小姐这两个角色之间。他们坐在阴影中。德先生挺直身子，支撑在胳膊肘上，依然是那张苍老的笑脸。窗外的阳光从璀璨到黯淡，再到璀璨。哈姆雷特的遗言——"余下的便是沉默。"之前的谈论，没有时间顺序，那么它们就可以成为一个许多个跳动的可能性的圆圈。

〔旁白结束后，全场安静。灯光重新亮起。一张桌子，两个人。头顶的光把他们的影子照在桌面上，然后随着灯光晃动，影子时虚时实，时大时小，它在不停地动着。赛小姐合上笔记本，关掉录音笔，看了一眼窗外。

塞小姐：谢谢您接受访谈。到时我们会整理出来，给您过目确认之后再拿去发表。不过我有一个疑问。

德先生：疑问？我都不知道我自己说了什么，不过这也好，这是谈话的本质，我已经过了追求真实所想的年纪。

〔德先生把剩下一点的茶饮尽，疲劳地眍开眼，时间就像上次一样，感受十分不强烈。此情此景，我们看到舞台上的"他"——这个戏剧的角色之一，他的内心通过肢体展现出来——他伸展双臂，仰头向天。这预示着，一种大声呼喊，可是喊叫消失了，像生活消失于死亡。

赛小姐：您好像不是德先生。
德先生：德先生应该什么样啊？

〔时间流逝。德先生是个老去的思考者，为抓住遗失的时间，还回时间带来的一切，不断辩解，不断阐述，写了一本一本的著作。赛小姐浑身上下，散发着时间的清香，无需做什么，就像现在这样，静静地，坐着，就已占有多数美好的感受。偌大的栎园，草木葱茏，林泉遍布，这将是一个适合极少数人时常光顾的地方。陀山堂的咖啡也口味独特，据说它沿用了一种秘制香料——德先生试图用文字描述这种气味，用图片展现那种色泽。

〔他们第一次见面时，赛小姐手提绿色皮包，从门口的车上走下来。当天德先生对着咖啡杯久久地发呆，最后试探性地问赛小姐，是否记得生命中最重要的一个人？突如其来的问题打断了采访，当时他们越说越多，状态放松，后来还喝了点酒。

赛小姐： 我没再见过他。

〔德先生大吃一惊。除了巨大的年龄差，他们只是刚见面而已。他们或许在这次采访之后，也再也不会相见。看样子，德先生没想到会得到回答。

赛小姐： 或许真有别离，但那并不重要，重要的是相遇不曾改变。

〔这句话引自不知哪本书，似乎是在两人关系平和下来时，让德先生承受了一次温柔的反击——有点像对之前那些引经据典的嘲讽。

赛小姐： 反正我就是遇到了他。

〔在接下来的谈话中，赛小姐讲述了不少生命中的奇遇，遇见一个人，或错过一个人总是交织进行的。德先生已提前说明，要把这些游离在主题之外的事物全部记录下来。云雾再次升起。德先生合上了自己的新书。他对生活的着迷，打动了赛小姐。

赛小姐： 这只是个人经历，不知道谁会感兴趣。

德先生：你想知道对吗？我更不清楚，一些有意思的风险也许就该有人承担。你愿意的话，就不回头地，走出去。那样我们下次见面，就证明我已经开始了。

〔德先生的手指向舞台深处的布景，依稀可见那里有一道门，和门外的一些车辆。在戏剧中发生着一些，据说应当被你们想象成真实的事。两人走出陀山堂，沿石板路前行，走向那道门。走得很慢，落日的光线让他们的脸，出现在相同的阴影之中，显得似乎很近。他们足以看到彼此的皱纹、疲惫的神态、如释重负般的眼光，最后在彼此悲伤的眼神中，看到自己。有趣的是没有"现在"，虽然描写的是眼前发生的——只有现在，但那明显是惨淡的过去与无望的未来的样子。令人宽慰的是人与人的角色，到此分离。重聚如加场，可望而不可求——这糟糕的现实环境，没一出戏剧可能久演不衰，影响深远。德先生与赛小姐并排站在门口，看着落日把天空变成灰褐色。栎园对面的那条路边，霞光点着了路边的河水，照耀在通向未知的路上。窄小的舞台因为被照亮而变得宽敞——空间拓展了，我们要进入现实存在的无限空间，这出戏开始成为某一无边无际特殊空间的组成部分，就这样讲戏与那些渺茫且孤独的人生密切联系，将台上的每一句台词进行拆分、理解；静静地欣赏

零公里处

每一处聚光灯下的具体动作,看清他们的目的和所指。

〔布景正在一点点拆除,他们仍继续在舞台上——或者说我们想象里的那条路上——前行,我们躲在黑暗的台下,在第四堵墙边,远远地看着,期待着。看,赛小姐上了车,原来她脚上穿着一双红色高跟鞋——追光灯亮起时,舞台上出现了一抹色彩。否则,一个老作家两个半小时十七分钟的表演将是灰突突的。舞台就是舞台,舞台需要吸引。赛小姐身上寄托的疑问,比德先生给出的所有答案,都蓬勃而有力。太阳沉到河边的树丛中去之后,德先生又开始移动步子,沿来路返回,在渐渐黯淡的天空之下,穿过寂寞的城市边缘,缓缓而行。没有中心,没有目的地——奥地利诗人特拉克尔说:"与你同行的人,比你到达的方向更重要。"

〔因为害怕结束——任何表演和人声无一不面对这种凄凉,或者说这里应该有的释然态度,那曾经生机勃勃的舞台,慢慢恢复一片漆黑,德先生与赛小姐的故事,没有永远结束,但已牢牢地留在了他们彼此心中?等等,美好的想象总是这样,他们理应走入彼此的记忆中。

记忆:是的。

另一个声音:不可能是那样。

〔最终——记忆妥协了。

疯子尼采的话,久久地,回荡在舞台之上。
眼前一片黑暗,只可以听到越来越远的脚步声。

幕终

(文中大量人名都来自书本;若干段落源自读书摘录(明确标出的部分除外),由于篇目众多暂不列举,但可以说,在前后文基础上,文字均经过或多或少的变动;杂志名称源自《时尚变迁史》,摄影人物名录大致取自《中国影像史》,引自曾璜《补白与重构:早期中国摄影史研究维度与空间》,有部分改动;另有大量过渡段落,建议以广播、独白的形式呈现,亦可根据实际情况而变。)

后　记

本书的创作过程，可以总结成"同主题变奏"。也可以说，我不知不觉地重复书写一群边缘人对生存的幻觉。谷崎润一郎说过："所谓幻觉，在现实面前多半会被击破。"真的是这样，但它们也并不是彻底绝望，也没有完全赤裸地表现欲望。它们呈现出一种中间状态，属于"在途中"，也属于"未完成"。

附录收录的实验话剧剧本《不是一出戏剧》是我最新的创作。这是为一个国际创作计划邀约而作，剧中角色原型是我现实里的朋友。从他们的真实工作写起，一方面减轻了写话剧的心理负担，但另一方面更促使我对人物身上的具体问题，不得不审慎对待。人物命名，取其真名中各一个字，无其他寓意。特此说明。

2020 年 6 月于北京

图书在版编目(CIP)数据

零公里处/唐棣.—杭州：浙江文艺出版社,2021.4
ISBN 978-7-5339-6432-0

Ⅰ.①零… Ⅱ.①唐… Ⅲ.①长篇小说—中国—当代 Ⅳ.①I247.5

中国版本图书馆 CIP 数据核字(2021)第 036504 号

策划统筹	曹元勇
责任编辑	王丽荣
文字编辑	伍华星
营销编辑	张赟喆
责任印制	吴春娟
装帧设计	一亩幻想
正文插图	唐　棣

零公里处

唐棣　著

出版发行	浙江文艺出版社
地　　址	杭州市体育场路 347 号
邮　　编	310006
电　　话	0571-85176953(总编办)
	0571-85152727(市场部)
印　　刷	上海中华商务联合印刷有限公司
开　　本	850 毫米×1168 毫米　1/32
字　　数	145 千字
印　　张	7.875
插　　页	6
版　　次	2021 年 4 月第 1 版
印　　次	2021 年 4 月第 1 次印刷
书　　号	ISBN 978-7-5339-6432-0
定　　价	56.00 元(精装)

版权所有　侵权必究

(如有印装质量问题,影响阅读,请与市场部联系调换)

一本书打开一个世界

欢迎订购、合作

订购电话：0571-85153371

服务热线：0571-85152727

KEY-可以文化

浙江文艺出版社

天猫旗舰店

关注 KEY-可以文化、浙江文艺出版社、浙江文艺出版社天猫旗舰店公众号，随时获取最新图书资讯，享受最优购书福利以及意想不到的作家惊喜